KB011664

오늘은 실컷 울어도 괜찮다

오늘은 실컷 울어도 괜찮다

인썸

작가의 말

의도한 것은 아니었지만 내가 쓰는 언어와 감정이 꽤 많은 사람들을 위로한다고 한다. 나는 한번도 사람들을 위해서 글을 쓴 적이 없는데 말이다. 글을 쓰는 것은 내가 나 스스로를 위로하는 것이자 가능하고 유일한 감정의 표현이며, 나를 묶어두는 가장 특별하지 않은 도구이다. 지금 이 시간은 내가 사는 인생의 한 시절이 아니라, 전부라는 생각이 든다. 다른 작가들처럼 적당한 위로의 말을 건네지는 못한다. 그저 이 세상 안에 당신과 같은 사람도 있다는 것에서 적당한 위안을 삼아 주기를 바란다.

5

오늘은 실컷 울어도 괜찮다

목차

2장 이렇게나 슬프려고 행복했나 보다

3장 슬프긴 하지만 행복하고는 싶다

4장 고맙다, 살아있어 줘서

행복을
내려놓으면
아픔이
덜할까

part 1

『결국 혼자가 되었다』

장마

이별을 채 이해하기도 전에 곧이어 장마가 시작되었다. 우산을 하나만 남겨두고 모두 내다 버렸다. 딱 하나 남은 우산을 챙겨 집을 나선다. 표정 없는 얼굴을 꾸역꾸역 일으켜 세우며 앞으로 걸었다. 지하철을 타고 이동하는 동안 마음속으로 삼키고 삼켰다.

'신이 있다면 오늘은 제발 나 좀 쳐다봐 주기를'

그리고 너의 집 앞에 도착했다. 떨리는 손으로 우산을 접었다. 너의 창문에 가까운 한 평 남짓한 그 벽에 기대어 앉아 온종일 비를 맞았다. 머리 위로 어깨 위로 계속해서 떨어지는 것은 빗물도 아니었고 눈물도 아니었다. 줄곧 보고 싶다는 감정만이 바닥에 떨어졌다. 툭툭, 반복되는 소리의 틈새로 시계의 태엽을 감아 돌렸다. 변하는 것이 없음에 울부짖었다. 소리도 지르고 싶었다. 내가 여기 이렇게 있다는 것을 너도 알고 있다. 핸드폰이 울린다.

"이제 그만 가"

종일 내린 빗물이 바닥에 넘치기 시작한다. 모든 것이 나를 너에게서 몰아낸다. 하늘을 올려다본다. 빗줄기가 화살처럼 나를 향해 쏟아진다. 그 화살을 온몸으로 맞았다. 기다리던 너의 목소리는 끝내 들을 수 없었다. 그리고 다시 돌아와 일주일을 앓았다.

2017년 8월의 여름, 기어코 이별이 시작되었다.

이별이 지금인가 싶었다

행복을 내려놓으면, 아픔이 덜할까.

붙잡을 수 없는 시간이었다. 나는 놓아야 했고, 붙잡을 수 없다면 최대한 아프지 않게 놓아주고 싶었다. 이별을 고민했던 적은 없다. 그러나 아픔을 지켜보는 것은 언제나 찢어질 듯한 고통이었다. 우리는 헤어지자는 말도 하지 못했다. 일이 벌어진 순간, 이미 서로 알고 있었던 것이다. 그때 내가 받은 수많은 기회들이 울컥이며 스쳐 지나간다. 그리고 그 뒤로 너의 눈물들이 따라온다. 내가 할 수 있는 말은 더 이상 없었다.

너의 사랑이 끝났음을 나는 그제서야 느끼고 있었다.

이별이 지금인가 싶었다.

아무리 미워도
꽃이 떨어지는 것은
왜인지
보기가 싫다

비가 올 모양이다
부디 젖지 않기를
바란다
지금처럼
편히 가라

*

미안하다는 말이 쏟아졌다

"미안해, 미안해, 미안해"
눈물이 멈추지를 않았다.

눈물이 많다 하여 아무 때나 눈물을 흘리는 것은 아니다. 눈물이 편한 것도 아니다. 나는 한 번도 눈물이 편했던 적이 없었다.

많은 사람들이 눈물을 울음으로 착각하는데, 눈물을 흘리는 사람의 입장에서 느끼는 것은 그렇지가 않다. 눈물이 속삭임이라면, 울음은 짖음이다.

통상적으로 눈물은 여자들의 전유물처럼 여겨진다. 남자들이 눈물을 나처럼 흘리는지는 잘 모르겠다. 살며 간접적으로 알고 있을 뿐, 확실한 것도 아니다.

어느 날 술에 취해 크게 눈물을 쏟으며 울음을 그치지 못한 날이 있었다. 술에 잔뜩 취했지만, 아직도 그 울음이 또렷하게 기억이 난다. 그 당시 내가 느끼는 감정이 그 울음에 그대로 담겨있었다. 그것은 슬픔의 눈물이 아니었다. 그리고 네 앞에서 그 한 번의 눈물을 쏟아 내기까지 얼마나 많은 눈물을 흘렸는지 모르겠다.

차마 미안하다는 말을 멈출 수가 없었다.

죽을힘을 다해 후회했다

내 선택은 한 번도 가벼웠던 적이 없다.
나는 잘못한 것이 아니라, 틀렸던 것이다.
그저 그때의 부족했던 내가 안쓰러울 뿐이다.

이별을 후회한 적은 없다. 사랑을 잘못한 것에 대한 후회가 전부였다. 때마다 정말 죽을힘을 다해 후회를 머금었다. 그 많은 후회 속에 시간을 되돌리고 싶다는 생각은 없었다. 시간을 되돌려 그때로 돌아간다고 해도 나는 아마도 똑같이 행동했을 것이다. 그것이 내 최선이었기에 한 번도 선택이 가벼웠던 적은 없었다. 모두 오래 두고 한 선택이었다. 나는 잘못한 것이 아니라, 틀렸던 것이다.

내가 후회하는 것은 내 부족함이다.

더 나은 사람이 되고자 노력한다.
더 좋은 사람이 되고자 노력한다.

후회는 없다.
그저 그때 부족했던 내가 안쓰러울 뿐이다.

사랑한다는 말보다 중요한 것

해야 할 말은 많은데, 할 말이 없다.
꺼내야 하는 마음은 많은데,
보여줄 수 있는 마음이 없다.
떠날까 걱정이었는데, 돌아오지 않을까 걱정이다.

생각은 많지만 입으로 그 생각을 꺼내는 성격은 아니다. 머리에 가득 찬 생각이 그 안에서 돌고 돌다 고꾸라진다. 내 삶은 늘 그래왔다. 밖으로 꺼내지도 못하고 늘 내 안에서 스스로 고꾸라졌다. 아무도 모르게.

생각이 많은 사람일수록 말을 적게 하는 것이 보통일 것이다. 너에게 해야 할 말이 많았다. 하지만 끝내 하지 못했다. 그렇게 시간이 많이 흘렀다. 이제 기회는 나에게 없다. 말하지 않고 감추는 것도 거짓말이 될 수 있다는 것을 한참을 지나서야 알게 됐다.

연애는 평생을 함께할 사람에 대해 믿음을 확인하는 과정이다. 사랑한다는 말, 미안하다는 말, 고맙다는 말은 소중한 표현이다. 하지만 참고 참은 많은 말 중에 내가 꺼냈어야 하는 말은 그런 감정적인 말이 아니었다.

사랑은 있는 사실을 그대로 보여주는 것이다.

즉, 내 전부를 가감 없이 내 보이는 것이다. 그것을 나는 너무 늦게 알아버렸다.

최선을 다하여
이별하세요

최선을 다해
돌아서고

최선을 다해
멀어지세요

그럴
자신이 없으면
헤어지지 마세요

결국 모든 것이
망가질 겁니다

기대와 상처는 너무 쉽게 어울린다

실망했다, 나도 모르게
기대했나 보다, 이렇게 아픈 걸 보니

네가 오기를 기다린다. 순간 문이 열리고 머리칼을 휘날리며 내게 들어와 안긴다. 일상이었다. 그런 일상이 깨졌다. 오랜만에 문이 열린다. 누군가 나온다. 그런데 나를 모르는 척한다. 두근거리던 심장이 쾅쾅거리더니 이내 쿵 떨어진다. 이때 떨어진 것은 심장만이 아니었다. 무릎이 내려앉았고 엉덩이가 종아리에 달라붙었다. 얼굴을 감싼 채로 떨어지는 눈물을 받았다. 돌아와 이렇게 며칠을 아픈 걸 보면, 어쩌면 내가 또 기대를 했나보다.

처음에는 이런 감정과 행동이 실망이라고 생각했었지만, 여러 번의 경험으로 알게 되었다.

'상처받았다. 나는 또 상처를 받는구나.'

이상하게도 이 상처에는 주는 사람은 없고, 받는 사람만 있다. 눈에 보이는 상처라면 그 깊이에 따라 아물어가는 시간이며 과정을 판단할 수 있을 텐데, 마음의 상처는 도무지 예측할 수도 없었다. 결국 시간이라는 약을 바른다. 이 약은 한 번도 내 상처를 낫게 해준 적은 없다.

내가 결정지을 일이 아니니 상처를 받는 것은 어쩔 수 없는 일이다. 그래서 기대하는 것을 더는 하지 않기로 했다. 희망을 품는 것이 무서웠다.

내가 사랑하는 사람은 이제 나를 사랑하지 않는다

사랑하는 사람이 있는데
그 사람은 이제 날 사랑하지 않는다.
이보다 더 슬픈 일은 없다.

이처럼 오랜 시간을 혼자 그리움으로 지내며 알게 되는 사실은 혼자 하는 사랑은 사랑이 아니라는 것이다. 내 사랑은 더는 사랑이라 부를 수도 없는 그리움이 되었다. 내가 가진 것은 이제 쓸모없는 그리움뿐이다.

짧을 것만 같던 이별이 끝없이 길어진다. 내가 할 수

있는 최선은 여전히 네가 바라는 것의 최악에도 미치지 못한다. 슬픈 사랑보다 힘이 드는 사랑은 슬프지도 않은 사랑이다. 지금의 너에게 나에 대한 슬픔이 남아있을지 모르겠다.

'혼자 하는 사랑은 사랑이 아니다.'

사랑은 이별도 포함이다

사랑해서 헤어진 거야
사랑하지 않았으면, 헤어지지도 않았어.

조금이라도 진심이 있었다면, 두 사람의 사랑이 동시에 끝나는 경우는 거의 없다고 보는 게 맞다. 아무리 싸우고 안 좋게 헤어졌다 해도 한쪽에는 일말의 사랑이 남기 마련이다. 그래서 되돌아보는 것이다. 때문에 사랑은 이별도 포함이다.

사랑해서 헤어지는 것이라는 엉터리 같은 말이 이렇게 치명적일 줄은 몰랐다.

'사랑하는데 왜 헤어져?'

사랑은 사랑만으로 채울 수 없다는 것을 몰랐다. 정말 사랑한다면 어떻게든 붙잡아야지 왜 헤어지냐고? 그건 사랑하는 사람이 아파하는 것을 보지 못한 사람이나 할 말이다.

'사랑하는 사람이 아파하는 것을 지켜보는 것보다 아픈 일은 세상에 없다.'

결국 원래대로 돌아가더라

'사람이 갑자기 변하면 죽는대.'
농담 같던 그런 말들을 주워 담는다.
무언가에 기대고 싶은데 내가 기댈 것이라고는
주인 없는 추억과 이제 기억이 된 옛날이야기뿐이다.

고집불통이었다. 세상 제 잘난 맛에 사는 구제 불능이었다. 현실주의자였고 매사에 부정적이었다. 생각을 드러내지 않았고 마음도 드러내지 않았다. 차가운 사람처럼 보였지만, 나를 좋아해 주는 사람들이 있었던 것은 그들은 사실, 내가 따뜻한 사람이라는 것을 알고 있었기 때문이다.

너를 만나고 난 후 나는 많이 변했다. 가장 가까운 지인들조차 사람이 어떻게 그렇게 변할 수 있냐고 신기하다고 놀라워했다. 그리고 공통으로 하는 말이 있었다.

"좋아 보인다."

나는 이 말을 들었을 때 기분이 너무 좋았다. 한 사람으로 인해 내가 변해간다는 것이 행복했기 때문이다.

살아오면서 여러 번의 연애를 했지만, 사랑이라고 생각했던 적은 처음이었다. 그래서 좋은 사람이 되고 싶었던 것 같다. 그리고 모든 것이 끝난 후, 시간이 갈수록 원래 내가 알던 내 모습이 보이기 시작한다. 이것은 노력에 의한 것이 아닌 본능에 의한 것이었다. 본능을 어찌 통제할까. 단지 한 명의 사람이 없어졌을 뿐인데.

나의 뿌리가 통째로 흔들린다. 꽃이 지면 가지는 앙상해지는 것이 당연한 이치인데, 그럼에도 불구하고 나는 네가 없이 흔들리는 것이 싫었다.

늘 궁금했다,
네 앞에 앉은 그 사람

최근 몇 년간, 내 핸드폰에는 새롭게 찍은 내 사진이 없다. 이유는 간단하다. 사진을 찍어줄 사람이 없었던 것이다. 혼자인 사람에게 사진첩의 사진은 고작해야 음식 정도일 것이다. 내 모습이 담긴 사진이 나도 그리운 것은 사실이다. 가끔 보게 되는 너의 SNS의 사진들. 그 사진은 누가 찍어준 것일까. 늘 궁금했다. 네 앞에 앉은 그 사람과 너와 시간을 함께 보내는 그 사람들에 대해. 사진을 통해 나는 그 사람들이 부럽기도, 네가 부럽기도 했다.

그리움이 너무 커 특별히 느끼지는 못했지만, 그런 사진들을 바라보는 내 마음은 많이 외로웠을 것이다.

잊으려는 노력

씹지 않고 급하게 삼킨 슬픔에 체한 듯,
사정없이 눈물을 토해냈다.
가끔은 슬픔의 이유도 모르겠는데,
이렇듯 눈물을 뱉는다.

믿음을 회피했던 것에 대한 경멸로써 나는 쏟아지는 슬픔을 하루도 빠짐없이 그대로 받아냈다. 온몸의 기관이 망가지는 기분이었다. 그리고 곧 그것은 기분이 아니라 현실이 되었다.

슬픔만으로 사람이 병들지는 않는다. 하지만 그리움

은 달랐다. 그리움은 사람을 병들게 만든다. 나는 본래 사람을 믿지 않는다. 그리고 사람의 위로는 더더욱 믿지 않는다. 사랑은 정답이 없는데, 그들은 사랑과 이별에 정답이 있는 것처럼 이야기한다.

"잊어라, 시간이 지나면 괜찮아질 거다. 내가 해봐서 안다."

이해할 수가 없었다. 잊는 것이 노력으로 되는 것인가? 내가 아직도 그 시간에 머물고 있는데 시간이 지나는 게 의미가 있나. 해봐서 안다니, 우리가 모두 오차 없는 똑같은 사랑을 하는 것인가? 나는 그 사람들에게 사랑에 대해 늘 좋은 것만 말했지 힘들었던 것은 이야기한 적이 없는데 도대체 뭘 안다는 말인가? 자신의 삶을 마치 내 삶인 것 마냥 떠들어대는 것이 늘 못마땅했다.

많은 사람들이 똑같은 말을 걸어온다.

"어떻게 하면 잊을 수 있을까요?"

나는 대답한다.

“잊으려 노력하지 마세요. 그 노력에도 이미 그 사람이 묻어 있습니다. 차라리 다른 것 하나를 열심히 하세요. 지금껏 해본 적 없는 것이면 더 좋습니다. 사람은 사람으로 잊는 것이라는 이기적인 인간들의 말에 귀 기울이지 마세요. 당신이 지금 잊기 위해 만나려는 사람을 아프게 하지 마세요.”

연인 사이에
당연한 것은 없어요

세상에 천생연분은 없습니다.
그것은 한 사람의 배려입니다.

단언컨대 세상에 천생연분은 없습니다. 서로 잘 맞는다고 해서 천생연분이 아닙니다. 착각입니다. 서로 노력하지 않아도 너무나 잘 통하는 커플이라고요? 진지하게 생각해봐야 합니다. 의심해봐야 합니다. 과연 지금까지의 행복이 당연한 것이었는지를. 그리고 고마워해야 합니다. 당신의 연인에게. 당신의 배우자에게. 당신을 진심으로 사랑하기 때문에 많은 부분에서 당신을 배려하고 있었음을. 당신과 행복한 사랑을 하기 위해서 보이지 않게 얼마나 많은 노력을 하고 있는지 알아야 합니다.

사랑 또한 하나의 관계입니다. 당연해 보이는 것들 가운데는 당연하지 않은 일들이 많다는 것을 생각해봤으면 좋겠습니다.

사랑에 실패해도 나를 낮출 필요 없다

이렇게 오랜 시간 나에게 화가 나있는 이유는 비참했던 결과 때문이 아니라, 그 과정이 너무나 실망스러웠기 때문이다. 이것으로 알게 된 것이 있다. 과정에 실망하지 말고, 차라리 처음의 선택에 실망해야 한다는 것을 말이다. 과정이라는 것은 변수가 너무 많다. 자신이 최선을 다한다고 해서 무조건 좋은 결과를 내는 것은 아니다. 차라리 처음 그 선택에 실망을 하면 간단해진다. 처음의 선택이 모든 과정을 만든 것이다.

안될 일은 어떤 과정을 거쳐도 소용이 없다. 사랑에

실패했다면 사람을 보는 눈에 실망하면 된다. 자신의 사랑을 낮출 것은 없다. 자신을 세상 가련한 사람으로 만들 필요가 없다.

너만 보이면 울게 된다

웬일로 밤에 울지 않고 잠들었더니
꿈에서 울고 있다, 미치겠다 정말

눈물이 없는 밤은 단 하루도 없었다. 날마다 울다 지쳐 잠이 들었다. 그러던 어느 날이었다. 갑작스럽게 몸이 너무 안 좋았다. 그렇게 먹은 약에 취해 일찍 잠이 들었다. 꿈을 꿨다. 횡단보도를 사이에 두고 나는 울고 있었다. 나는 내 모습을 지켜보고 있었다. 처음에는 '왜 울고 있지?'라는 생각을 했다. 그리고 바로 이 장소가 익숙하다는 것을 알아챘다. 나도 모르게 건너편으로 시선을 돌렸다. 다시 나를 쳐다봤다. 이제 꿈속의 내가 왜 울고 있었는지 알 수 있었다. 건너편에 네가 서 있었다. 신호등의 파란불이 켜지는 것과 동시에 나는 잠에서 깼다.

가만히 눈을 뜬다. 그런 채로 30분 동안 하얀 천장을 바라봤다. 일어나 창밖을 내다본다. 신호등이 점멸을 반복한다. 돌아와 축축하게 젖은 베개를 거꾸로 돌려 눕는다. 다시 잠을 청한다. 보고 싶었다. 슬픔을 덮고서라도 나는 그렇게라도 다시 너를 보고 싶었다. 그것이 깨어있는 동안 내가 내린 결정이었다. 간절히 보고 싶었다.

가슴이 쿵 하고
코끝이 찡하고
눈이 떨린다

곧이어
눈물이 쏟아진다
갑작스러운
슬픔이란
그런 것이다

후회가 되는 순간들

"넌 항상 그런 식이야
상처 줘놓고 대충 핑계 대고 넘어가면 끝이지?
상대방 마음 아픈 건 생각도 못 하지?
넌 네 마음 힘든 것만 중요하잖아."

사랑에 온전히 집중하지 못하던 시기가 있었다. 그때의 기억은 비가 내린 다음 날의 불순물이 넘치는 흙탕물과 같았다. 약속을 지키지 못 하는 일이 잦았다. 이미 벌어진 일과 앞으로 벌어질 일을 해결하느라 모든 상황에 조급했고 늘 무언가에 쫓겼다. 이유에 상관없이 내 부족함을 드러내는 일이 왜 그렇게 힘이 들었는지, 이 시절에는 속에 감춘 것을 꺼내려는 너와 끝끝내 감추려는 나의 긴장감이 가득했다. 솔직히 내가 얼마나 많은 거짓말을 했는지도 몰랐다. 그저 하루를 버텨내는 것이 우리를 위한 일일 거라는 이기적인 마음과 생각만 가졌던 것이다. 내가 했던 말들이 이제 와서 가슴을 아프게 한다.

그때 내가 용기를 내어 솔직하게 말했다면, 우리는 어떻게 됐을까.

네가 웃던 날에는
나도 종일 웃었다

네가 울던 날에는
나도 밤새 울었다

우리가 느끼는 마음이
같기를 바랐다

특별한
어떤 것이 아니라
느끼는 마음이
서로 다른 것이
너무 외롭다

네가 없음을 인정하기가 싫었다

아무것도 들어있지 않은 빈 상자를
목숨 걸고 지키고 있는 기분이 들었다.

이별이 힘들었던 이유는 그 안에서 모든 것이 가득 찼었기 때문이다. 내가 가진 기억은 그대로인데 내가 가진 시간은 자꾸만 늘어만 간다. 내 인생에서 너의 밀도가 한없이 줄어만 간다. 내가 멈춰있는 것으로 그 허전함을 채울 수 있다고 생각했었지만, 정신을 차려보니 내 시간도 함께 흘러가고 있었다.

불현듯 생각하는 시간이 많아졌다. 인간은 본디 불안함을 느낄 때 생각이 많아진다.

어느 날 갑자기 아무것도 들어있지 않은 빈 상자를 목숨 걸고 지키고 있는 기분이 들었다.

네가 없다는 것을 인정하기 싫었던 것 같다.

나는 주변 사람을 힘들게 합니다

속에 있는 것을 입으로 꺼내지 못하는 사람은
마음이 너무 무거워서 입으로 오르지 못하는 것이다

하늘이 무너지는 일이었다.
하지만 나는 아무렇지 않은 척했다.
이 사실을 알면 소중한 사람들의 하늘도
함께 무너질 테니까.
나를 보면 슬퍼할 테니까.
나는 사람들이 나를 보며 웃기를 바랐다.

우는 마음으로 웃었다.

돌아서 울었다, 거짓말이 미안하여.

그때 나는 웃을 것이 아니라 울었어야 했다.

아무렇지 않은 척할 것이 아니라

도와달라고 소리쳤어야 했다

그게 후회된다.

집에
혼자 있는 시간이
이렇게 많은데

정신적으로
괜찮을 리가
있겠습니까

생각나는 것이
얼마나 많겠습니까

그리고 그 깊이는
얼마나 깊겠습니까

그런데 나는
몇 해를
그리 보냅니다

그래요,
나는 더는
괜찮지 않습니다

진짜 이별

눈물이 갈 곳을 잃었다.
모든 것이 헛되었다.
그리움은 없는 것이 되었다.
스스로 안쓰러웠다.
돌아보면 내 의지와는 상관없는 일이었다.

이별은 이별 선고의 순간이 아니라
잊기로 마음먹은 순간부터 시작이었다.
괜찮아지기를 기대하지는 않는다.
잊으려 애써 노력하지도 않을 것이다.

돌아서 걷지도 않을 것이다.
나는 그저 물러나는 것이다.

이별은 슬픔 그 자체이므로 괜찮을 리가 없다.
괜찮다면, 그것은 괜찮아 보이고 싶은 마음일 것이다.
이별은 아무리 아름다운 말을 더해도 역시 아프다.

할머니의 마지막 모습

할머니의 마지막 얼굴조차 보지 않았다.
웃는 얼굴을 기억하고 싶었다.

할머니가 돌아가시고 장례절차에 따라 마지막으로 할머니의 얼굴을 볼 수 있는 시간이 있었다. 가족 모두 돌아가면서 할머니의 얼굴을 마지막으로 뵈었다. 유일하게 멈춰있던 한 사람이 있었는데 그게 바로 나였다. 나를 끔찍하게 사랑해주시던 할머니였다. 건강하시던 분이 어느 날 계단에서 넘어지시면서 크게 다치셨다. 그리고 병상에 1년을 누워계시다가 돌아가셨다. 나는 할머니를 뵐 때마다 눈물이 쏟아지는 것을 어금니를 물으며 참았다. 우는 모습을 보이기 싫었다. 할머니도 알고 계셨다. 내가 눈물이 많다는 것을. 말씀도 잘 못 하시게 된 할머니는 괜찮으시다가도 내가 눈을 맞추면 눈에 눈물이 고이셨다. 나도 그랬다. 그때 이미 나는 거대한 이별을 준비하고 있었는지도 모르겠다. 그 눈물들 사이로 잠깐의 웃음이 있었다. 그것이 내가 본 할머니의 마지막 모습이다. 나와 직접적으로 가까이 지내던 사람의 첫 죽음이었다. 이별의 슬픔이 너무 커 나는 그때 눈물도 흘리지 않았다. 이미 슬픔이 나를 뒤덮고 있었다.

인상적인 일은 평생 꿈에 나올 정도로 잊지 못한다.

그 순간에 나는 평생 꿈에 나올 할머니의 얼굴이 웃는 얼굴이기를 바랐다.

삶의 환기가 필요할 때

사람 한 명을 잊으려면
적어도 10명의 사람을 지워야 한다.
그 사람들을 모두 지우려면 방법은 하나밖에 없다.

'사는 환경을 완전히 바꾸는 것'

지금은 앞으로 달려 나갈 때가 아니라,
삶을 되돌아 환기시켜야 할 때이다.

사람은 시가 된다

떠난 사람은 관심도 없는데
남은 사람은 그리움의 소설을 쓴다.
내내 비참한 감정을 어쩌지 못한다.
결국 그것은 한 편의 시가 된다.

이제 와 생각해보면
시를 시작했던 것도 19년 전의 그때 너였던 거 같다.
글을 쓰게 된 것도 8년 전의 너였다.
작가가 된 것도 4년 전의 너였다.

내가 적는 글자에 네가 없을 리 없다.
모든 이유가 너였으니, 내게는 글이 곧 너다.

슬픔에 대한 부정적인 시선

세상에는 원래 행복보다 슬픔이 더 많다.
그러니까 지금 우리가 느끼는 슬픔은
결코 이상하지 않다.

세상에는 원래 행복보다 슬픔이 더 많은데, 세상은 슬픔을 부정적인 감정으로 못을 박아버렸다. 우리가 느끼는 슬픔은 결코 이상하지도 특이하지도 하는 감정인데, 그저 무언가에 의해 슬퍼진 얼굴을 실패한 사람의 얼굴로 몰아붙인다.

개인이 느끼는 슬픔이 죄가 되나.

*

내 편이 필요했는지도 몰라

결과를 받아들이지 못하는 것보다 가슴 아팠던 것은 내 과정을 들어주는 사람이 없다는 것이었다. 나는 그저 하소연을 하고 싶었을 뿐인데, 내가 꺼내는 모든 말이 핑계가 되어버렸다.

성공한 사람의 말은 길이 남을 역사가 되는 반면, 실패한 사람의 말은 하찮은 순간의 핑계가 된다. 지나오는 과정이 힘들었지만, 끝내 성공하지 못했지만, 그래도 괜찮은 시간이었다고 스스로를 위로하고 다독였다. 하지만 그것만으로는 실패를 극복하는 것에 힘에 부치는 것은 사실이었다. 내 편이 필요했다. 내 편이었던 사람이 보고 싶었다.

한 번뿐인
인생이라고
생각을 하니

단 한 번의
실패에 많은 것이
무너지더라

그래서 나는
내 인생을 시절로
나누기 시작했다

지금은
두 번째 시절을
사는 중이다

소중했던 것은 사라지지 않는다

여전히 너는 나를 찾아올 리가 없고,
아직도 나는 너를 찾아가서는 안 되고,
그래서 우리는 마주칠 수가 없다.

나는 아직도 네가 없다는 사실에 덜컹 놀랄 때가 있다. 이렇게 시간을 두고 느닷없이 날아드는 인지와 생각은 깊이가 깊은 법이다. 온종일 그 생각 하나로 긴 하루가 새벽을 넘는다. 너의 소식이 궁금해진다. 그리고 지금의 나를 다시 확인한다. 보고 싶다고 멍청한 소리를 해댄다. 만날 수 없다는 것을 잘 알면서도.

너로 인해 변했던 내 모습은 이제 흔적도 없이 사라졌다. 우리는 이제 다른 사람이다. 그럼에도 불구하고 내 마음과 너에 대한 감정이 변하지 않는 것은 소중했기 때문이다.

소중했던 것은 절대로 사라지지 않는다.

살아야 할 이유를 찾아야 했다

해가 지기도 전에 눈물을 쏟은 날은
살아있어야 하는 이유를 찾아야 할 만큼 위태로웠다.

이별한 사람에게 밤과 새벽은 눈물이 가득 찬 시간이며 공간이다. 그 시간과 공간이 넓어진다. 늦은 밤에 시작한 눈물이 이른 아침까지 계속되었다. 출근하는 지하철 안에서 눈물을 흘린 적도 많았다. 다른 사람의 시선을 중요하게 생각하는 나조차도 그따위 것이 신경 쓰이지 않았다.

오후 세 시 반이면 다들 담배를 태우러 나간다. 따라가서 나도 담배를 태워볼까도 싶었다. 그렇게 혼자 남은 시간에 참 많이 울었던 거 같다. 옥상에 올라가 멍하게 앉아서 한다는 것은 고작 후회였다. 그리고 잠시 눈물을 멈췄다. 집으로 돌아와 공기조차 없는 듯한 텅 빈 방에 쓰러지듯 누웠다. 그때 내가 천장을 보며 가장 많이 했던 생각은 '모든 게 끝이었으면 좋겠다'였다. 이유를 찾으려고 노력했다. 내가 살려면 살아있어야 하는 이유를 찾아야만 했다.

정신적으로 녹초가 되었고, 내 방에 있는 어떤 것도 나를 살려낼 이유가 되지 못했다. 그리고 그때 한 편에서 목소리가 들린다. '나를 부르는 어머니의 목소리' 그것뿐이었다. 그때 나를 살린 것은 다른 것도 아니고 어머니의 목소리였다. 내겐 그것이 이유였다.

죽음이 자꾸 나를 못살게 굴 때는 죽음으로 해결할 생각을 하는 것이 아니라, 살아야 할 이유를 찾아야 하는 것이었다.

혼자 맞는 밤의 쓸쓸함

좋아하지도 않는 술을 매일 같이 퍼마셨다.
그리고 마신 술의 양만큼 눈물을 퍼냈다.
어쩌면 취하지 않는 것이 당연했다.

둘이 지내다가 혼자가 됐을 때 변화가 가장 크게 느껴지는 것은 시간의 사용이다. 고정적이던 일상의 곧음이 축 늘어져 버렸다. 분주하던 퇴근길과 밤의 시간이 속도를 잃었다. 늘 하던 것들이 사라졌고, 가야 할 곳이 없어졌으며, 반드시 만나야 할 사람도 없어졌다. 목적의 부재로 인해 퇴근이 싫었던 날도 많았다. 어느덧 시간이 공간처럼 느껴졌다. 어떤 연락도 없이 계획도 없이 홀로 집으로 가는 발걸음이 그렇게나 슬펐다. 정확하게 말하면 슬픔보다는 쓸쓸함에 가까웠다.

감정을 흘려보낼 줄 모르는 나는 매일 같이 술을 마셨다. 그렇게 돌아와 현관문을 여는 것도, 방문을 밀어내는 것도 힘들고 버거웠다. 방에 불을 켜는 일도 없어졌다. 혼자 있을 때면 불을 꺼놓고 있는 버릇까지 생겼다. 어둠에 눈이 적응이 될 쯤 이면 어김없이 기억의 조각들이 사방에서 날아들었다. 어찌 그것들을 모른 척할 수 있을까.

오래, 아주 오랫동안 매섭게 살갗을 베던 조각들은 언젠가부터 머리와 가슴을 관통한다. 그리고 그 사이로 눈물이 쏟아진다. 여럿의 감정이 이 방 안에 갇혔다. 좁은 방에 얽힌 감정들이 꼬이고 꼬인다. 누군가에게는 고작 퇴근 후의 짧은 밤이었을 것이다.

밤이 비좁게 느껴진다.

관계를 정리하기 시작했다

이기적인 위로는 사람을 초라하게 만든다.
그들을 난처하게 하기도 싫었다.
가십 같은 위로의 화살이 내게 오는 것도 싫었다.
그들을 미워하는 것은 더욱 싫었다.
관계를 정리하기 시작했다.

진정한 친구는 함께 슬퍼해 주는 사람이 아니라, 함께 기뻐해 주는 사람이라고 한다. 이 말을 참 좋아한다. 우리는 슬프고 힘든 일은 감춰야 하는 것처럼 배웠고, 그런 환경에서 자랐기 때문에 위로하는 법을 잘 알지 못한다.

흔히 착각하는 것이 있는데, 그것은 위로와 걱정의 차이이다. 걱정하는 마음은 충분히 이해를 한다. 하지만 그 마음이 위로는 아니다. 서로 서투를 수밖에 없다. 또 한편으로는 사람들은 힘든 사람을 위로하는 행위를 통해 본인의 자존감을 높이기도 한다. '나는 힘든 친구를 위로하는 괜찮은 사람이야. 어려운 친구를 외면하지 않는 좋은 사람이야. 나 같은 사람이 진정한 친구라고.' 이것은 누구를 위한 위로인가. 위로를 받는 사람을 위한 것인가, 위로하는 자신을 위한 것인가. 이런 형식적인 위로를 많이 받아봤다.

사람은 자신에게 다가오는 사람의 진심을 본능적으로 알 수 있다. 서로 모르는 척할 뿐이다. 이런 식의 이기적인 위로는 사람을 초라하게 만든다. 빠르게 관계를 정리하기 시작했다. 이유 없이 오는 연락을 제외하고는 모두 무시했다. 나는 '잘 지내냐, 괜찮냐?'는 말이 아니라, '뭐하냐'는 연락을 받고 싶었다. 그리고 그들이 내가 괜찮아졌을 때 그저 기뻐해 주기를 바랐다.

눈물은 누구에게나 있다. 하지만 손수건을 들고 다니는 사람은 흔하지 않다. 위로에도 필요한 것이 있다. 위로를 주고 싶은 마음을 가진 사람은 그것을 꼭 알았으면 좋겠다.

시간이 지나면
괜찮아진다는 말
하지 마세요

시간이 지나서
괜찮아진 것이
아니니까요

오늘은
외롭다는
생각을
했습니다

part 2

『이렇게나 슬프려고
행복했나 보다』

슬픔이 끝나지 않는 이유

불을 켜지 않은 상태로 서슬 퍼럼이 끝없이 지속되는 내 방이 걱정이 되었다. 긴 생각 끝에 머리맡에 작은 조명을 매달았다. 주먹만 한 크기의 전구색 백열등이었다. 이것은 일종의 환기이기도 했다. 이제 내 새벽에는 조금의 빛과 적당한 색깔이 생겼다. 밝음과 어둠의 중간 정도 감정의 색깔이다. 때로는 그 조명 색으로부터 위로를 받기도 했다. 그런데 이상하게 이유도 없이 울고 있을 때가 많았다. 눈물이 왜 멈추지 않는 지도 몰랐다. 그렇게 시간이 꽤 지난 어느 날이었다. 내 방 조명 색깔이 너의 집 앞 가로등 불빛과 같은 색깔이라는 것을 알게 됐다. 눈물의 이유를 찾았으나 눈물은 멈추지를 않는다.

사람은 살면서 느끼는 익숙함에서는 이유를 찾지는 않는다. 그냥, 그냥 당연하니까. 늘 해오던 것이니까. 늘 보던 것이니까. 이별을 하면 그런 익숙함에서 쏟아지는 이유 모를 슬픔이 많다. 익숙함은 당연한 것에서 온다. 내가 왜 우산을 오른손으로 드는지, 4인 테이블에 앉으면 왜 오른쪽에 앉는지. 길을 걸을 때는 왜 오른쪽으로 걷는지, 왼쪽에는 누가 있었는지. 슬픔은 때로는 그렇게 천천히 내 마음을 파고들기도 한다. 이 익숙함을 하나씩 지워야 하는 것이 지금 느끼는 슬픔이 끝나지 않는 이유이다.

한 사람을 그리워한다는 것은

그리움을 말로 하면 보고 싶다 하겠다.
할 수 있다면 마지막까지 전하고 싶다.
끝까지 보고 싶다 했노라고.

사랑을 말로 하지 못하는 처지가 되었다. 나는 네 이름조차 내 입으로 꺼내지 못한다. 그게 내가 받은 최후의 벌이다. 그래서 나는 사랑을 그리움으로 말한다. 보고 싶다는 말은 헤아릴 수도 없이 했다. 들릴 리 없었다. 그래도 했다. 들리지도 않는 듣고 있지도 않는 그리움을 계속 말했다.

나는 마음을 글로 적는 사람이다. 글로 적는 마음은 때로는 비겁하다. 글은 아무리 잘 표현해도 말로 하는 것만 못하며, 읽는 사람에 따라 오해의 여지도 많다. 그리움이 멈췄던 적은 없다. 나는 멈춰도 그리움은 가던 방향으로 그대로 가도록 내버려 뒀다. 그렇다고 그리움이 사라지는 것은 아니었다. 계속해서 같은 방향으로 걷고 있으니.

한 사람을 그리워한다는 건 아직 인연이 다하지 않았다는 뜻이기도 하다. 이별은 끝나지 않을 것이다.

슬픔의 감정을 털어내는 법

머리통에 뜨거운 물줄기를 쏟아부었다.
10초도 지나지 않아서 서러움이 폭발했다.

퇴근길, 순댓국에 소주 한 병을 마시고 귀가하는 것은 이별 후 1년 8개월을 지속한 일상이었다. 그리고 그날은 그런 일상의 마지막 날이었다.

술을 마시고 들어와 욕조에 들어가 앉았다. 하얀 욕조가 나를 감쌌다. 뜨거운 물을 흠뻑 틀었다. 머리통에 물줄기를 미친 듯이 쏟아부었다. 10초도 지나지 않아서 서러움이 폭발했다. 내 삶이 왜 이렇게 됐을까. 나는 왜 이런 사랑을 했을까. 내가 가진 그리움은 정말 이대로 끝나는 것일까. 목구멍이 막힐 정도로 울었다. 울었다, 정말 많이 울었다.

눈물이 많다고 해서 늘 똑같은 눈물은 아니었다. 눈물은 흘릴 때마다 달랐고, 소리 내어 우는 경우는 결코 없었다. 하지만 그땐 화장실이 쩌렁쩌렁하게 울릴 정도로 울었다. 힘겨웠다. 그럼에도 불구하고 나는 결국 화장실 문을 내 손으로 열고 나왔다.

삶을 유지하고 지켜낸다는 것은 이런 것이었다. 슬픔에 빠지는 것을 막고 싶지는 않다. 다만, 빠져나올 수 없는 슬픔에는 빠져서는 안 된다. 슬픔은 슬픔에서 멈춰야 한다. 슬픔의 방을 정해놓고, 들어가 울고 나올 때는 박차고 나와야 한다. 나는 그렇게 한껏 편협해진 후회와 치솟는 감정을 받아들였다.

연애라는 것은
참 이상해

사랑이 커질수록
이별은 가까워져

가끔 행복하고
늘 불안해

처음에는
충분했는데
갈수록 부족하고

항상
기대했었는데
매번 실망하게 돼

*

맑은 날씨에 슬픔을 느낀다

아침에 눈을 떴을 때 네가 보이면,
세상을 다 가진 기분이었다.
그리고 그럴 때마다 창으로 햇살이 들어왔다.
한 번도 비가 내렸던 날은 없었다.

대부분의 이별한 사람들은 비 오는 날이 너무 슬프다고 하는데 나는 오히려 반대였다. 아침에 일어나 창을 열었을 때 햇살이 쏟아지는 날씨에 슬픔을 느낀다.

아침에 젖어 드는 햇살에는 참 많은 것이 들어있다.

이 햇살 아래 행복했던 일들이 그토록 많았는데 지금 내가 가진 것이라곤 혼자 맞아야 하는 저녁 시간과 휑한 주말뿐이다. 특별한 것에서 외로움을 느끼지는 않았다. 무언가 행복할 수 있는 환경이 만들어졌는데 그 행복을 함께할 네가 없다는 것에 나는 절대적인 외로움을 느꼈다.

지금 왼편으로 쏟아지는 햇살조차 큰 외로움이다.

저기 행복해 보이는 연인들이 아니라, 나는 이 따스한 햇살이 외롭기만 하다.

내가 혼자인 이유

나를 좋아해 주는 사람들 중에 99.9%는
내가 누군지도 모른다.

가끔은 나 좀 살려달라고 누구에게라도 말하고 싶은데, 전화할 곳이 없었다. 내가 연락을 받질 않으니 그나마 오던 연락들도 끊겼다.

나는 대화할 사람이 없다. 나를 이야기할 사람도 없다. SNS에 올리는 글이 내 유일한 표현의 도구였다. 적지 않은 사람이 내 글에 관심을 가져주고, 응원을 해준다.

그것을 보고 있노라면, 마치 내가 아는 사람들이 많은 것 같은 기분이 든다. 그런데 비참한 일은 나를 좋아해 주는 그 많은 사람들 중에 99.9%는 내가 누군지도 모른다는 사실이다. 외로움을 느끼기도 전에 쓸쓸함이 온다.

내가 쓰는 글은 그저 그리움의 기록일 뿐이고, 그것을 채우는 것은 결국 너인데 나는 그것이 없다. 네가 없는 내가 무엇을 할 수 있을까. 다 필요 없었다. 나를 좋아해 주는 사람도, 나를 싫어하는 사람도 구분 지을 필요조차 없었다. 그저 내가 사는 세상에는 나와 너 둘뿐이었다. 그래서 지금 내 세상에는 행복이 없다. 하지만 이렇게 살아보니 필요해 보이는 것은 있다.

그게 누구든 대화할 사람이 한 명만 있다면, 인생은 살아질 것도 같다.

*

유언

나는 끝까지 너에게 가고 싶었다.
가면 안 되는 줄 알면서도 그랬다.
충분히 보지 못해 보고 싶을 뿐이다.

유언이라 말하면 무섭고 무거운 말로 들리지만, 나는 유언이라는 단어를 마지막으로 하고 싶은 말 또는 꼭 남기고 싶은 말이라고 생각한다.

처음에는 할 말이 없었다. 이유에 상관없이 이별은 결국은 벌어질 결과라고 생각했기 때문이다. 네 입에서 우리가 헤어질까 봐 무섭다는 말이 나왔던 그날, 그날이었던 거 같다.

나는 그 두 시간이 생생하게 기억이 난다. 사랑이 깊어질수록 나는 겁이 많아졌다. 때로는 이별이 잠시 보여지기도 했다. 그때는 몰랐다. 네가 엄청나게 노력하고 있다는 사실을 몰랐다. 나는 내가 우리의 관계를 그리고 너를 지키기 위해 고군분투하고 있는 사실에만 집중했다. 너를 위한다는 핑계로 나는 나를 보호하고 있었다. 나 혼자만 잘났고 나 혼자만 힘들고 나 혼자만 우리를 위해 미친 듯이 노력한다고 생각했다. 헤어지는 순간에 할 말이 없는 것이 당연했다. 미안하다는 말만 반복했다.

그렇게 1년이 지났고, 2년이 지나고, 3년이 지났다. 2년째 되던 날 나는 처음으로 깨달았다. 돌아갈 수는 없겠구나. 우리가 우연히 혹은 필연적으로도 마주하는 일은 없겠구나. 그때부터 생각했던 거 같다. 마지막으로 너에게 해야 할 말에 대해서.

헤어지던 날에 다짐했었다. 다시는 너에게 미안하다는 말을 하는 일은 없을 것이다. 그래서 미안함을 꺼내지도 않았다. 나는 끝까지 너에게 가고 싶었다. 가면 안 되는 줄 알면서도 그랬다. 충분히 보지 못해 보고 싶을 뿐이다. 늘 고마웠다. 나를 잊었다면 다행이고, 잊지 않았다면 걱정이다.

*

사람이 싫은 이유

사람이 싫다.
새로운 만남도 싫다.
그냥 가라앉고 싶다.

시끄러운 클럽보다는 조용한 LP 바를 좋아한다. 이런 성격 때문에 나의 20대는 다른 20대보다 잔잔하고 고요했으며 낭만적이었다. 나는 스포츠에 열광하고 열정적인 사람이지만 쾌락을 즐기는 사람은 아니다. 나의 20대가 긍정적이었는지 부정적이었는지는 모르겠다. 하지만 문학을 가까이했던 것은 이런 내 성격에 도움이 됐다.

내가 극도로 싫어하는 한 가지 경우가 있다. 아마 내 삶에서 화가 끓어오르는 유일한 상황일 것이다. 길이나 지하철 혹은 버스에서 누군가 내 발을 밟는 것이 바로 그런 상황이다. 사람 많은 곳을 피하는 이유가 여기 있다. 다른 사람의 몸이 내게 닿는 것 또한 나는 꺼리는 편이다. 이유는 모르겠다. 그냥 싫다. 그냥이라는 표현을 썼으니 나는 원래 그런 사람이 아닐까 싶다.

많은 일이 있었다. 소중한 것을 지키기 위해 소중한 것을 잃었고, 그동안 내가 움켜쥐었던 것들이 모두 새어나갔다. 그 과정에서 나는 많은 사람을 잃었고, 나 스스로 잘라내기도 했다. 그때부터 사람이 진심으로 싫어졌다. 이제 이유가 생긴 것이다. 사람이 싫다. 그들이 나를 싫어해도 상관없다. 마음 쓰이는 일은 다시는 하지 않을 생각이다.

"무슨 일 있어?"라는 말을 듣고 싶었다

'별일 없지?'가 아니라
'무슨 일 있어?'라는 이야기를 듣고 싶었던
순간이 있었다.
나밖에 모르는 이기적인 놈이
위로를 받고 싶었나 보다.

살면서 위로라는 것을 받아 본 기억은 별로 없다. 원체 가진 아픔을 겉으로 잘 드러내지 않기 때문이다. 이제와 생각해보면 위로받지 못한 것은 결국 내 책임이었다.

'아무도 내 마음을 이해해 주지 못한다고? 누군가에게 솔직하게 자신의 아픔을 털어놓은 적은 있어?' 잘 생각해 볼 필요가 있다. 위로라는 교감도 결국은 틈이 있어야 스며드는 것이다. 모든 것을 스스로 결정하고 스스로 책임지고 있으면서 무엇을 바라는 건지 모르겠다. 왜 그렇게 이기적이었을까. 정말 힘들었을 때 나도 모르게 남 탓을 하는 버릇이 생겼다. 누군가 내게 말해주지 않았다면 내가 이 상황을 인정하지 않고 있다는 것을 끝까지 몰랐을 것이다.

공감을 주는 일만큼 공감을 받는 것 또한 소중한 것이었다.

현실과 드라마

한 편의 드라마를 온종일 몰아본다.
한 편의 드라마를 몇 번을 돌려본다.
볼 때마다 다른 사람이 되어본다.
이렇게 한 편의 드라마를 끝내게 되면,
알게 되는 것이 하나 있다.

'아, 이 드라마에는 행복한 사람이 없구나.'

현실과 드라마는 얼마나 다른 것일까.
혹시 같은 세상은 아닐까.

난 참 아프게
살았구나 싶어
내가 아프다는 것을
왜 몰랐을까

누구라도
말해줬다면
조금은
덜 아팠을 텐데

*

괜찮냐는 말보다
술이나 한 잔하자는 말이 좋다

슬픔이 온몸을 휘감은 채로 점점 나를 조여 온다.
이미 정신이 나갔는지도 모르겠다.
위로라는 것들은 한낱 귀찮은 말이 되었다.
지금 내가 고픈 것은 귀가 아니라
목구멍으로 들어갈 무언가란 말이다.
숨을 쉬고 싶었다.

한국 사람들은 특히 위로하는 법을 잘 모른다. 게다가 지독한 경쟁 시대를 살고 있는 우리 세대가 어찌 누군가를 진심으로 위로할 수 있을까. 스스로 견디고 이겨내야 하는 환경에 익숙한 우리에게 위로는 동정에 지나지 않는다.

괜찮냐는 말을 하는 것도 힘들지만 괜찮냐는 말을 듣는 것 역시 힘이 든다. 경우에 따라 다르지만 자존심의 문제일 수도 있고, 한편으론 '네가 어떻게 나를 이해한다고 위로를 해?'하는 마음일 수도 있다.

위로하라고 하면 왜 '다들 괜찮아? 할 수 있어, 너만 그런 거 아니야' 등의 똑같은 말만 하는지 모르겠다. 경험상 그런 말들은 다 귀찮을 뿐이었다. 그냥 말을 걸지 않았으면 좋겠다는 생각만 늘어난다. 내가 누군가를 위로해야 한다면 그냥 어색한 듯 웃으며 '야 술이나 한잔 하자'하고 말할 것이다. 술이 좋은 것이라고 생각하지는 않지만 좋은 핑계가 된다고 생각한다. 슬픔으로 아픔으로 거칠어진 마음을 둥글게 해주는 것이 술이라고 생각한다. 힘들어하는 친구가 있으면 그냥 웃으며 술이나 한잔하자고 말해보면 어떨까 싶다. 그렇다면 좋은 일이 생길지도 모르겠다.

위로의 유효기간

무너져 내린 것을 다시 세우고, 자리를 잡고 조금 살만해지니까 연락이 없던 사람들이 연락을 해온다.

"잘 지내?"

"괜찮아?"

그들이 어떤 생각으로 어떤 마음으로 내게 다시 연락을 하는지 알고 있다. 이미 나는 꽤 괜찮아져 버렸는데 그들은 나를 위로하려 한다. 마치 내 슬픔이 끝나기를 기다렸다는 듯이.

모든 슬픔을 나 혼자 안고 가려 했지만 아주 잠시 누군가와 눈을 마주 하고 싶었던 적이 있었다. 하지만 누구도 나와 눈을 마주쳐주지 않았다. 나는 그때 그 외면들이 많이 섭섭했었다. 그것으로부터 많은 것을 알게 됐고 얻은 것도 있다. 내가 눈을 둬야 할 사람이 누구인지 알게 된 것이다.

나는 그들에게 말한다.
'위로는 진즉에 했어야죠.'
씁쓸한 일이다.

*

위로는 됐습니다

"야, 너답지 않게 왜 그러는데?"

말 같지 않은 소리를 들을 때면 짜증이 확 올라오곤 한다. 상황에 맞는 말이나 표현이 있는 법인데, 그것을 무시하는 사람이 있다. 최근의 몇 년은 위로라는 것이 유독 그랬던 거 같다.

때로는 나도 나 같지 않을 때가 있는 법인데, 나를 잘 안다는 사람들이 정작 나를 제일 모르는 사람처럼 말을 한다. 그들의 입에서 터져 나오는 위로에서 뜬금없는 외로움을 느낀다. 이미 외롭던 순간이 한 층 증폭되어 평소보다 더 외롭게 느껴진다.

위로에 정답은 없겠지만, 오답은 분명히 있다.

슬픔이 지겨웠다

어느 날 갑자기
아무것도 아닌 사람이 되었을 때 들었던 생각은
'미치겠다'가 아니고 '미쳐야겠다'였다.
'죽고 싶다'가 아니고 '죽어야겠다'였다.
내가 싫었고 내가 느끼는 감정은 더욱 싫었다.
눈앞의 슬픔이 지겨웠다.

반복되는 감정을 적당히 유지하는 것은 쉽지 않은 일이다. 반대로 급격한 변화는 아니더라도 감정은 때때로 변곡을 그릴 필요가 있는데, 내 감정은 바닥과 천장에 달라붙어 오르고 내릴 줄을 몰랐다.

언젠가 슬픔에 익숙해졌을 무렵이었다. 눈물을 흘렸는데도 심장 박동에 변화가 없었다. 이 감정은 진짜가 아니구나 싶었다. 눈물 또한 만들어낸 것이구나 싶었다. 갑자기 빈껍데기가 된 기분이 들었다. 그리고 순간적으로 이렇게 사는 게 지겹다고 생각을 했다.

슬픔은 가장 익숙한 것이었지만, 한 편으로 제일 지겨운 것이기도 했다.

그저 웃어보고 싶었다.

부족함을 감추기 위한 발악

얼굴의 피부는 좋은 편이나 유독 팔뚝의 피부가 좋지 못한 것에 대해 신경을 많이 쓰는 편이다. 특별히 보기 싫은 것은 아니나, 내 마음이 마음에 들어 하지 않아 여름에도 반팔을 잘 입지 않는다.

내 잘못에 의해 생긴 것이 아닌 타고난 것을 감추려고 하니, 하지 않아도 됐을 근심이 생긴다. 살다 보면 부족함을 감추기 위해 아무도 모르게 발악하는 일이 많다. 키가 작은 사람은 신발에 깔창을 더하고, 체중에 스트레스받는 사람은 펑퍼짐한 옷을 입는다. 유독 우리나라는 그렇게 보인다. 내 표현보다 남의 시선을 중요하게 생각하는 민족성. 그래서 나는 거구의 외국인이 편한 복장을 하고 다니는 것을 보면 '참 멋진 사람이다'라는 생각을 할 때가 많다.

아마 부끄러움의 기준이 다른 건지도 모르겠다. 이를 알기에 스스로도 변하려 노력을 하지만, 환경적인 것은 그렇게 쉽게 변하지 않는다. 이 글을 쓰면서도 나는 옆자리에 앉은 사람의 시선을 의식하고 있었는지도 모른다. 모르고 하는 행동은 어쩔 수 없으나, 알면서도 그것을 계속 의식하는 것은 참으로 부끄러운 일이다. 발악의 끝이 부끄러움이니 참담하기도 하다.

*

부모님의 시간

거실에서 내 방을 바라본 적이 있다.
방문이 닫혀 있었다.
꽤 어색한 장면이었다.
마음이 멍해지면서 갑자기 그런 생각이 들었다.

'늘 닫혀 있는 내 방문을 보면서
어머니는 얼마나 외로우셨을까.'

이루지도 못한 사랑에 미쳐서
어머니가 늙어가는 것조차 몰랐다
눈에 보이는 것마다 눈물이고 아픔이다

내가 나이를 먹는 건 아무렴 괜찮은데 부모님이 자꾸 나이를 드신다. 내가 하루를 살면 부모님은 이틀을 사신다. 내 얼굴에 주름이 생기면, 부모님의 얼굴에는 주름이 패인다. 내 한 번의 눈물이 어머님 가슴을 평생 울게 한다. 어머니는 내게 말을 걸고자 노력하시고, 아버지는 내게서 말을 거두고자 노력하신다. 여전히 나는 커다란 실패를 끌어안은 채로 좁은 방에서 나올 생각을 안 한다. 시간이 없다. 그것을 알면서도 내 방의 시계는 아직 멈춰있다. 언제쯤이면 될까.

모든 것이 싫어지는 순간

아무리 아름다운 것도
내 마음이 괜찮지 않으면 아름답지 않게 된다.
미워하는 것이 생기는 게 싫다.

올해는 벚꽃 사진을 한 장도 찍지 않았다. 내가 처한 상황 때문에 괜히 꽃마저 미웠기 때문이다. 집에 가는 길에 벚꽃 잎이 날린다. 바람을 타고 내게 날아든다. 하필 바람은 내 쪽으로 분다. 날아드는 꽃잎을 피하려고 애를 썼다. 그러다가 결국 몸에 닿았다. 몸이 아리다 못해 구멍이 나는 느낌이었다. 괜히 짜증이 났다. 아름다운 꽃을 보며 이런 감정을 느끼는 나도 싫었다.

그냥 세상의 모든 것이 싫어지는 순간이었다.

아픈 줄도 모르고

동틀 무렵 꿈에서 깨면 머리가 깨질 듯이 아팠다. 새벽 5시 정각. 늘 같은 시간이었다. 책상에 널린 두통약은 이미 오래전부터 소용이 없었다. 그래도 나는 빨간색 두통약을 계속 먹었다.

꾸역꾸역 허리를 펴고 일어나 뒤통수를 벽에 사정없이 두드린다. 조금 괜찮아진다. 눈물이 나는 것을 나는 그렇게 참았다. 내게는 이것이 진통제였고, 유일한 처방이었다. 결국 정신을 차리지 못한 채 출근하는 날도 많았다. 시간이 지나서 알게 된 것이지만, 두통은 참으면 독이 된다고 한다. 어려서부터 두통으로 고생하던 동생의 아픔을 이제야 이해하게 된다.

나는 이상하게 약을 먹는 것도 싫어하고, 병원에 가는 것도 싫어한다. 고등학교 2학년 때의 식목일이었다. 축구를 하다가 다리를 크게 삐끗한 일이 있었다. 운동을 워낙 좋아했고, 이 정도 다치는 것은 매일 같이 일어나던 일이라 잠깐 쉬면 괜찮겠지 하고 넘어갔다. 함께 있던 친구들도 선배들도 "야 삐었나 보다. 앉아있으면 금방 괜찮아질 거야."하고 말했다. 나는 힘든 것은 못 참아도, 아픈 것은 정말 잘 참는다. 그런데 아팠다. 두 시간을 앉아있었는데도 걸을 수가 없었고, 결국 친구가 나를 등에 업고 집에 데려다줬다. 그 친구 말로는 내가 넘어질 때 빡! 하고 정말 큰 소리가 났다고 했다. 그래서 병원에 가봐야 하는 거 아니냐고 했는데 나는 "병원은 무슨 병원이야 축구 하루 이틀 해보냐?"하고 그냥 집으로 갔다. 다음 날 아침이었다. 발등부터 무릎까지 새카맣게 피멍이 들어있었다. 소리를 지를 뻔했다. 병원에 갔더니 의사 선생님이 내게 제정신이냐고 한다. 발목 골절에 양쪽 복사뼈가 완전히 조각이 났단다. 아파서 잠은 어떻게 잤냐며 고개를 젓는다. 그때 생각했다.

'아, 진짜 많이 아픈 거였구나.'

그래 진짜 많이 아팠다. 그런데 참으면 되는 건 줄 알았다. 고집이기도 했고 아프다는 것의 정도를 몰랐기도 했다. 그렇게 나는 깁스를 3개월 동안 하고 있었다. 아픔은 결코 고집 피울 일이 아니었다.

언젠가 다시 만난다면

그리움의 방향이 잘못되었다고 생각하지는 않는다. 적어도 내 그리움에는 목표가 있기 때문이다. 중간에 가는 길을 잃을지언정 바라보는 곳은 변하지 않았다. 그것이 내가 그리움에서 벗어나지 않는 이유이다.

그리워하는 모든 순간이 그저 슬프기만 했을까. 나는 그 오랜 슬픔 속에서 잠깐의 행복을 찾기도 했다. 그리고 어렵지 않게 찾아내곤 한다. 슬퍼도 괜찮다. 외로워도 괜찮다. 지금 이 감정들이 결코 쓸데없는 그리움은 아닐 것이다. 언제고 돌아보면 꼭 필요했을 그리움이었으리라 생각할 수 있었으면 좋겠다.

언젠가 다시 만나게 된다면
사랑한다는 말은 못 할 것이다.
미안하다는 말도 안 할 것이다.
그저 보고 싶었다고 말할 것이다.

내가 할 수 있는 일을 한다

붙잡을 수 없다면, 앞서가 기다리는 수밖에.
내가 할 일은 네 인생이 흐르는 곳에 먼저 가
너를 기다리는 것뿐이다.

감정에 호소하는 것은 다시 일어날 일에 대해서 긍정적인 변화를 주기 힘들다. 결국 똑같은 잘못을 반복하는 것이다.

이미 꽤 오래 잘못이 반복되고 있었고, 나는 그것에 지쳐 있었다. 내 상황에 지쳤고, 그것에 휘둘려 함께 무너지고 있는 너를 바라보는 것은 지옥이었다. 돌아간다는 다짐을 늘 갖고 지냈지만, 일단은 열심히 살아보자는 것이 결심이었다.

무너진 것을 일으키기 위해 정말 열심히 살았다. 때로는 비참하기도 했고, 때로는 관계에 휩쓸려 사정없이 떠밀려 다니기도 했다. 나는 여전히 돌아간다는 말을 지키지 못하고 있지만, 최소한 이별의 그 순간처럼 부끄럽지는 않다. 나는 내가 할 수 있는 최선을 다하고 있다. 부족하다면 부족할 테지만 나는 이제 내가 할 수 있는 일을 한다. 그리고 그곳에 네가 있기를 바랄 뿐이다.

*

무너지고 싶은데
누울 자리가 없었다

돌아갈 곳이 있다는 것은 참으로 든든한 일이다. 누군가에게는 그곳이 집이 될 것이고, 누군가에게는 가족일 것이고, 누군가에게는 사랑일 것이다.

무너지는 동안에도 나는 무너지고 있다는 사실을 무색하게 만들기 위해 홀로 애썼다. 도움을 받기 위해 내미는 손이었지만, 무너짐을 보이는 손은 끝내 아니었다.

더 이상 혼자서 버틸 수 없다는 것을 아는 순간은 반드시 온다. 나도 그랬다. 상황이 더 안 좋아져서? 아니다. 그 순간은 소중한 것을 잃게 되었을 때였다. 사랑이 끝이 났다. 전부를 잃은 사람은 삶에서 가치와 의미도 함께 잃는다. 무너지고 싶었다. 한데 어떻게 무너져야 하는지, 어디에 가서 무너져야 하는지도 모르겠더라. 보통은 가족에게 가서 무너져야 하는데 나는 그것마저도 못했다. 고작 서너 평의 좁은 내방이 내 죽을 자리가 되는 것 같았다. 그리고는 확실하게 무너졌다. 모든 것을 인정했다. 그때부터 일이 하나씩 해결되기 시작했다. 정리가 되기 시작한 것이다.

*

살아있게 만드는 이유를 만들자

그동안 패인 아픔을 어떻게든 닦아내기는 해야겠는데 방도가 없었다. 미친 듯이 하던 일에서도 조금은 여유가 생겼다. 생각할 틈이 생기기 시작한 것이다. 어느 날에는 옛 기억에 빠져 두통에 몸서리쳤고, 어느 날에는 부정하고픈 현실에 대해 울분을 토해내기도 했다. 살고 싶다는 생각은 없었지만, 반대로 죽고 싶다는 생각도 한 적은 없었다. 그저 이 현실의 벽이 거대했을 뿐이다.

무엇을 해야 할지 몰라 생각을 오래 두었다. 옛 생각에 빠진다. 그날따라 새벽의 달빛이 무척이나 밝았다.

몇 시간이나 지났을까, 유리창의 꼭대기에 있던 달이 떨어질 때쯤이었던 거 같다.

'그래, 어차피 이렇게 된 거 너랑 했던 거 한 번씩 다 해보자, 그때까지는 절대로 죽지 말자'.

그 생각으로 나는 여전히 살아 있다. 그것이 사소한 다짐이어도 좋다. 살아있게 만드는 이유를 만들면 된다. 죽으려 하는 일에 살고 싶어질 것이다.

죽어버릴까
아니

나는 살고자 하니
당신들도 꼭
살았으면 좋겠다

다른 사람들의 행복을 지켜보는 일

스마트폰 메신저를 사용한다. 기술이 발전하면서 메신저 역시 엄청난 성장을 이루었고, 안 되는 기능이 없을 정도가 되었다. 연락하며 지내기 참 좋은 세상이 되었다. 메신저 프로필에는 사진을 등록할 수 있고, 짧은 메시지도 등록할 수 있다.

나이가 서른에 가까워졌을 때부터 메신저에는 결혼을 알리는 사진이 많이 보였다. 그리고 서른이 넘어서부터는 사진의 반이 아기들 사진이다. 원래 아기를 좋아했는데, 어느 순간부터 메신저의 아기들 사진이 보기 싫어졌다. 이런 마음이 나쁜 마음이라고 해도 어쩔 수 없었다. 나는 지금 이별을 해서 혼자서 이렇게 슬픈 삶을 지속하고 있는데 아기들의 사진이 도배될수록 괜히 내 인생이 실패한 것처럼 느껴졌기 때문이다.

그들의 행복에서 내가 놓친 행복이 보였다. 다른 사람의 행복에서 내 불행을 본다는 것은 비참한 일이었다. 이대로는 괜찮아질 수가 없었다. 메신저의 친구 목록을 숨김 모드로 바꾸기 시작했다. 다른 사람들의 행복을 지켜보는 일이 생각보다 많이 힘들었던 것 같다.

비가 오면 음악을 듣는다

기어코 새벽이 나를 깨운다.
이상한 마음에 커튼을 옆으로 젖혔다.
두 눈에 들리는 빗소리가 반가웠다.
잠깐의 옅은 악몽이었지만,
악몽은 그래도 악몽이었다.
비가 악몽을 씻어 주는 것만 같은 기분이 들었다.
비를 바라보는 것만으로도
나는 무언가를 생각하고 씻어낼 수 있다.

비가 오는 날이면 똑같은 음악을 돌려 듣는다. 같은

생각을 하고 같은 것을 떠올리고 늘 같은 마음으로 내리는 비를 몇 시간이고 쳐다본다. 나는 새벽에 마저 깨어 있었으니, 비는 결코 한 번도 조용히 내린 적이 없다. 처음에는 그런 빗소리가 좋았고, 나중에는 비가 내리는 모습이 좋았다. 소리 없이 창에 떨어지는 빗물을 본 적이 있을까. 나는 그 모습에서 위로를 얻곤 한다. 감정의 변화가 있었던 것인지는 잘 모르겠다. 점차 느껴지는 것은 바뀌어 가고 있지만, 비가 오는 날 내가 하는 것들은 변하는 것이 없다.

늘 같은 비가 내린다. 아직도 그날의 비가 멈추지를 않는다. 얼른 해가 떴으면 좋겠는데, 아마도 오늘 아침에는 해가 보이지 않을 모양이다.

*

좋은 사람이라서 다행이다

왜 인생을 이렇게 망쳐가면서까지 그리워하냐고요?
그냥 내가 좋아서 합니다.

사람들은 내가 가진 그리움이
끝내 나를 죽일 거라고들 하는데,
당신들이 틀렸습니다.
나를 살리고 있는 것은 그리움입니다.
그리움이 아니었으면
이미 나는 죽었을지도 모르겠습니다.

다른 무언가를 좋아하는 것은
그만둘 수 있을지 몰라도
사람 좋아하는 것을 멈추지 못하는 것은
어쩔 수가 없네요.

그 사람이 너무나 좋은 사람이라서 다행입니다.

너의 감정에 닮아간다

혹여 네 눈물이 떨어질까
벽에 기대어 앉아 그 눈물을 맞았다.

사람을 변하게 만드는 것만큼 강한 영향을 주는 것이 또 있을까. 너를 만남으로써 나는 내가 괜찮은 사람이라는 것을 느꼈다. 그리고 더 괜찮은 사람이 되고 있다는 것 또한 알았다. 너를 만나고부터 내 지인들이 자주 말하곤 했다.

"뭐야, 너 웃네? 진짜 웃네? 좋아 보인다!"

내 평생에 들어본 적이 없는 말이었다. 나는 정말 친한 사이가 아니고서는 웃음을 보이지 않는 편이다. 억지로 웃어 보이는 것도 없었다.

한 가지 예로 군에 입대했을 때 신병교육대 조교의 농담에 모두가 웃음바다가 된 적이 있다. 그런데 나는 웃지 않았다. 웃기지 않았으니까. 그런 내게 조교가 말한다.

"너는 왜 안 웃냐?"

나는 대답했다.

"웃기지가 않습니다."

그날 나는 얼차려를 받았다. 그만큼 감정에 솔직한 편이다.

한 편으로는 고집불통이기도 하다. 이것 때문에 주변 사람들을 힘들게 할지도 모른다. 어쨌든 나는 너에게서 웃음을 얻었다. 그런데 너는 나에게서 눈물을 가져갔다. 한 번도 울어 본 적이 없다던 너였다. 나는 그런 너를 울렸다. 너는 어떻게 울어야 하는지도 모르는 것 같았다. 나 또한 너의 눈물을 어떻게 멈춰야 하는 지도 몰랐다. 그게 시작이었다. 그리고 네 번의 눈물이었다. 나는 그 순간의 눈물을 모두 기억한다. 한데 이별 후에 드는 생각이 있다. 나에게 네 번의 눈물을 보이기 위해 혼자서 몇 번의 눈물을 흘렸을까. 혹여 지금도 네 눈물이 떨어지고 있을까.

나는 한 번씩 그 좁은 벽에 기대어 앉아 눈물을 맞곤 했다.

마음을 다한 웃음이 그립다

잘 부탁한다는 웃음

좋은 글을 요청하는 웃음

그저 예의일 뿐인 웃음

상사의 농담에 억지로 짓는 웃음

마음에도 없는 웃음들이 지겨웠다.

마음을 다한, 마음을 더한 웃음이 그립다.

때로는
그냥이라는
이유가
참 좋았다

part 3

『슬프긴 하지만
행복하고는 싶다』

그래도 나는 행복이고 싶다

힘들 때 생각나는 사람이 아니라
행복할 때 생각나는 사람이었으면 좋겠다.

모진 말을 들었다. 네가 꺼낸 그 표현은 아마 너의 진심이었을 것이다. 무겁다. 다리에 힘이 풀린다. 네가 없는 거리에 홀로 주저앉는다. 수백 일의 시간이 지났다. 하지만 그날의 그 말은 잊히지가 않는다. 잊힐 리가 없다. 아마도 평생 잊히지 않을 것이다. 그리고 나는 그 말을 지우기 위해 평생을 살게 될 것이다. 죽기 직전에야 나는 그 표현에 내 감정을 더 할 테니, 내 글과 입에서 그와 같은 표현이 나올 일은 없을 것이다.

잊고 싶은 사람은 힘들 때 생각이 나고, 보고 싶은 사람은 행복할 때 생각이 난다고 한다. 그럼에도 불구하고 나는 너에게 힘들 때 생각나는 사람이 아니라, 행복할 때 생각나는 사람이었으면 좋겠다. 무언가 잃게 되었을 때 생각나는 사람이 아니라, 무언가를 얻게 되었을 때 생각나는 사람이었으면 좋겠다. 주저앉았을 때 생각나는 사람이 아니라, 하늘을 날고 싶을 때 생각나는 사람이었으면 좋겠다.

이별 노래의 가사는 틀림이 없다

이별 노래의 가사는 진짜 이별한 사람이 쓴 것이라는 것을 이제는 안다. 슬픔을 잘 버티는 나조차도 노래 한 곡을 다 듣기가 힘들었다.

이별 곡에 빠져 사는 것은 언제 그칠지도 모르는 비를 우산도 없이 맞는 것과 같다. 우산을 쓰고 있다고 해도 우산이 뚫릴지도 모른다. 쏟아지는 슬픔 속에서 지내는 것은 그만큼 무모한 짓이다. 물론 가사를 통해 나와 같은 사연의 사람이 있다는 것은 위로가 되기도 한다. 하지만, 위로를 받고자 슬픔 속에 몸을 던져서는 안 된다. 그 순간부터는 슬프기만 한 것이 아니라, 아프게 될 것이다. 잊고자 하는 사람은 절대로 이별 노래를 듣지 않기를 바란다. 세상의 모든 슬픔을 다 갖게 될지도 모른다.

슬픔은 잘 구겨지지 않는다

눈물이 묻은 종이를 손으로 구기다 보면
손이 베이거나 상처가 날 때가 있다

무언가 쓸데없는 생각이 들 때면 종이에 그 내용을 적은 후에 꼬깃꼬깃 구겨서 쓰레기통에 버리곤 한다. 이것이 정신적으로 큰 효과가 있는 것은 아니었지만, 그저 이 행동을 편안함을 위한 하나의 수단으로 사용한다.

3년이라는 시간 동안 얼마나 많은 종이를 구겨버렸는지 모르겠다. 쓰레기통이 차고 넘치도록 하루에도 몇 장을 구겨 넣었다. 눈물이 묻은 종이도 많았다. 슬픔이 지속되던 시절이 있었다. 출구가 없는 터널을 걸어가는 기분으로 살았다.

종이를 손으로 구기다 보면 손이 베이거나 상처가 날 때가 있다. 우리가 생각하는 슬픔은 흐물흐물하고 강물이나 호수처럼 잔잔한 모양일 거 같지만, 아니다. 슬픔은 바위처럼 단단하고 무겁다. 때문에 슬픔을 적은 종이는 잘 구겨지지 않는다. 단단한 것은 날카롭다. 슬픔은 무엇으로도 형태가 변하지 않는다. 슬픔은 결코 구겨지지 않는다. 절대로 슬픔을 함부로 대해서는 안 된다는 말이다.

환경이 바뀐다는 건

지하철을 타고 다녔을 때와
버스를 타고 다니는 지금을 비교하자면
그저 풍경이 바뀐 것이다.

다니던 회사를 그만두고 이직을 하게 되면서 출근하는 방식이 바뀌었다. 그동안은 지하철을 고집해서 타고 다녔는데, 개인적으로 버스를 불편하게 생각해서 웬만하면 버스를 타지 않았다.

하지만 지금은 버스를 타고 출퇴근을 한다. 여전히

불편하긴 하지만, 그동안 모르던 것을 알아가는 점에서 느끼는 것들이 있어서 좋다. 지하철을 타고 다닐 때는 스마트폰만 바라보면서 시간을 보냈었다. 지하 통로를 지나는 지하철은 바깥세상이 없다. 버스를 타면서 가장 좋았던 것은 창밖의 세상을 볼 수 있다는 점이었다. 다른 세상을 사는 기분이 조금은 들기 시작했다. 내 시선이 변하기 시작한다. 시선은 곧 환경을 뜻하고, 환경이 변하는 것은 내가 변하는 것과 같다.

풍경이 바뀌었다.

때로는 '그냥'이라는 이유가 참 좋았다

"웬일로 운동화를 신었네?"

"그냥요."

"안 들어가? 일 많이 남았어?"

"아니요, 그냥요."

"왜 그래, 무슨 일 있어?"

"아니요, 그냥요."

"술 마실래?"

"그럴까요."

둘러댈 말이 없을 때, 이유를 말하기 귀찮을 때 '그냥'이라는 표현은 참 좋은 말이다. 물론, 자주 쓰면 상대방에게 실례가 되는 표현이 될 수도 있다.

오늘은 어떤 질문을 받더라도 '그냥'이라고 말하고 싶었다. 할 말이 없어서가 아니라 하고 싶지 않아서였다. 모든 질문에 '그냥'이라고 말하기로 결심했다. 얼마 못 가 무슨 일 있냐는 질문이 날아온다. '그냥'이라는 대답을 했다. 나는 '그냥'이라고 대답했을 뿐인데 '그냥'이 '그냥'이 아닌 모양이다. 심각한 표정으로 나를 쳐다본다.

*

착한 사람은 그만하겠습니다

착하게 살면 보이지 않는 것을 얻고, 착하지 않게 살면 보이는 것을 얻는다. 착하지 않게 산다는 것이 나쁘게 산다는 것은 아니다. 조금의 욕심을 갖는 대신, 약간의 책임을 놓는 것이다. 살면서 착한 사람을 많이 봤고 못된 사람들도 많이 봤다. 서른이 가까워지면서 가장 마음에 들지 않았던 것은 이 사회는 나쁜 놈들과 나빴던 놈들이 더 잘 산다는 것이다. 시간이 갈수록 상황이 역전된다고는 하지만 그냥 지금이 너무 힘드니까 그 꼴을 보는 것이 힘들었다. 괜히 비교하게 되고 불행한 것처럼 느껴졌다. 행복을 바라지는 않지만, 그래도 불행한 삶은 싫었다.

*

나에게 맞는 위로를 고르면 된다

세상에는 다양한 종류의 위로가 있다.
그 많은 위로 중에 나한테 맞는 위로 하나 없을까.
그저 나한테 맞는 적당한 위로를 고르면 된다.

어떤 사람은 여행에서 위로를 찾고, 어떤 사람은 진솔한 대화에서 위로를 찾는다. 나는 혼자 연주회를 찾거나 전시회를 찾는 것으로 스스로 위로를 찾곤 한다. 더불어 요즘은 내게 위로를 찾는 사람에게 위로를 해줌으로써 조금의 위로를 느끼는 것 같기도 하다.

2년 전에는 아이돌 가수의 음악에서 위로를 느끼기도 했고, 그다음 1년은 스포츠 경기를 현장에서 보는 것으로 위로를 느끼기도 했다. 응원하는 사람이 생긴다는 것은 마음 적으로 꽤 괜찮은 일인 거 같다. 이렇듯 늘 같았던 위로는 없었다. 내가 변하듯 내게 맞는 위로 또한 변한다. 곁에 누가 없어도, 혼자가 되었어도 위로는 충분히 받을 수 있다.

그저 내게 맞는 위로를 찾아 나서면 된다.

일어날 일은 일어난다

정말 무서웠던 것은 울고 있는 내 모습이 아니라
거울에 비친 표정 없는 얼굴이었다.

밤늦게 때아닌 소나기가 내린다. 빗소리에 일어나 창문을 닫는다. 순간 유리창에 내 얼굴이 비쳤다. 서둘러 닫았던 창문을 다시 열어젖히고 거울을 향해 돌아섰다. 거울에 내 얼굴이 한 번 더 비친다. 놀랐다. 움직임을 멈췄다. 슬픈 얼굴일 거라 생각하던 내 얼굴에 표정이 없었다. 이때 나는 정말 많이 놀랐던 거 같다.

거세지는 소나기에 빗물이 창을 넘어 들어온다. 튀는 빗물을 눈으로 보면서도 나는 움직일 수가 없었다. 그렇게 한 시간을 멈춰있었다. 자리에서 일어나 방에 있던 거울을 모두 치웠다. 더는 내 얼굴을 볼 자신이 없었다. 처음 보는 내 얼굴이 무서웠다. 그렇게 나는 표정을 잃었다.

업무적인 것이 아니라면, 얼굴에 사적인 감정이 잘 드러나는 편이다. 내 표정만으로도 내 근황을 알 수 있다고 어머니는 말씀하신다. 그런데 표정이 없다는 건 무엇을 뜻하는 것일까. 감정이 없다는 것일까. 그렇다면 내가 느끼는 이 감정들은 무엇이란 말인가. 이날, 나는 끝내 잠을 이루지 못했다. 지금의 상황과 상태에 대해서 많은 생각을 했다.

누구나 의도치 않은 상황에 의해 크게 흔들리는 경우가 있을 것이다. 내겐 거울에 비친 내 표정이 그랬다. 돌아보면 모든 것이 연결되어 있다. 비가 내리지 않았다면, 내가 그 시간에 집에 없었다면, 창문이 이미 닫혀 있었다면, 거울을 보지 않았다면, 그리고 너와 헤어지지 않았다면.

모든 것은 자연스럽게 마치 정해진 사건처럼 줄지어 이어진다. 일어날 일은 결국 일어난다.

때로는 눈물조차 자각하지 못했다

털썩, 눈물이 무릎에 떨어졌다.
바닥에는 눈물이 떨어진 흔적이 흥건했다.
그 모습을 한참을 쳐다봤다.
슬픔이 넘치는 기분이 들었다.
그때 정말 슬펐던 건, 눈물이 아니라
바닥에 흥건한 눈물 자국이었던 것 같다.

어느 날에 영화를 한 편 보다가 화장실에 갔는데 거울을 보고 깜짝 놀랐다. 볼에는 언제 흘렀는지도 모르는 눈물의 하얀 자국이 선명히 굳어있었다. 나는 내가 울었는지도 자각하지 못했다. 그 자리에 앉아서 한참을 보냈다. 눈물을 제어할 수 없는 시점이 온 것이었다. 처음으로 내 감정과 처지에 대한 걱정이 들었다. 이때부터 나는 생각하는 시간을 최대한 줄였다. 아무것도 안 하는 시간을 모두 없앴고, 자기 전에는 과한 운동으로 몸을 혹사시켰다. 그렇게 눈물이 점차 사라져가는 것을 느꼈다. 아주 잠시 동안 그랬다.

더는 마음을 밖으로 꺼내지 않기로 했다

뚝뚝 떨어지는 빗소리에 창문을 열었다.
창밖에 보이는 것은 그저 밤이었다.
그저 빗소리였고 그저 그리움이었다.

출근길에 비가 내렸다. 퇴근길에도 같은 비가 내렸다. 이어지는 밤을 빗소리가 틈새 없이 가득 채운다. 늦은 밤, 신호등이 점멸하고 거리가 조용해진다.

자정이 넘은 적막한 밤, 이 적막함 속에 빗물이 바닥에 닿으면서 들려오는 소리를 무척이나 좋아한다. 그것은 비가 창에 부딪히는 소리와는 다르다. 창문을 열어두고 바닥에 눕는다. 고요하다. 한 곡의 클래식 음악을 틀어 놓은 듯한 기분을 느낀다. 무언가를 생각할 시간이 된 것 같다. 많은 생각이 몰려온다. 하지만 모두 같은 내용일 것이다.

며칠을 고민하던 생각을 정리한다. 보고 싶다는 말은 더는 마음 밖으로 꺼내지 않기로 했다. 꺼내놓은 사진도 모두 서랍에 넣어두었다. 보고 싶다는 마음이 혹시 거기까지 들릴까 창 반대편으로 돌아누웠다. 바닥에 튀어 오르는 빗소리가 좋다.

어디까지 포기해야
마음이 편해질까

아무것도
포기한 게 없는데
마음이 편하기를
바라고 있다

마음도 머리도
엉망이다

울어도 된다

눈물이 터져 나오는 것을 간신히 참았다.
더는 울고 싶지가 않았다.
그랬더니 그때부터 가슴이 아프더라.

무언가가 일상이 된다는 것은 한편으로는 무서운 일이었다. 내가 특별한 생각을 하지 않아도 특별한 의도를 갖지 않아도 하게 되는 행동 혹은 시간이 되는 것이다. 눈물은 일상이었다. 생각할 틈이 없는 시간이 아니면 계속 눈물이 울컥 나왔다. 그러다 보니 자연스럽게 내가 울고 있는 시간은 정해져 있었다.

살면서 나 혼자 있는 순간에는 눈물을 참으려고 노력했던 적은 없는 것 같다. 어떤 사람들은 침울한 기분이 들 때 웃고 나면 괜찮아진다고 한다. 나도 비슷했다. 울고 나면 슬픔이 가시지는 않아도 적어도 긴 숨을 뱉을 수는 있었다. 몸 안의 가득 찬 무언가가 빠져나가는 느낌을 받았다. 그래서 울음을 억지로 참았던 적은 없다.

그러던 어느 날이었다. 그날은 정말 힘든 날이었는데, 너의 소식을 보았던 날이었다. 쿵, 하고 눈물이 내려앉는 기분이었다. 그런데 갑자기 그런 생각이 들었다. 울기가 싫다. 네 소식에 울고 싶지가 않았다. 나는 너에게 감정을 표현할 자격이 없다. 그렇게 눈물이 터져 오르는 것을 간신히 참았다. 더는 울고 싶지가 않았다. 그랬더니 그때부터 가슴이 아프더라.

우리는 가슴이 아프다는 표현을 참 많이 쓴다. 그런데 이 표현이 상징적인 표현이 아니라 실제 표현이 되었을 때 느끼는 고통은 정말 말로 설명하기가 힘들다. 이 시기에는 집에서 상의를 벗고 있지 않았다. 가슴팍에 멍이 심했기 때문이다. 눈물을 참으면 가슴이 아파 고통을 줄이기 위해 가슴팍을 많이 때렸던 거 같다. 다행히 이 시간이 그리 길지는 않았다.

눈물은 마르지 않는다. 눈물이 잠시 마르는 경우가 있기는 하다. 재회를 포기하면 눈물이 잠시 멈춘다. 그리고 웃음이 나온다. 세상이 무너졌을 때처럼 웃음이 나온다. 물론, 그 시간도 길지는 않을 것이다. 그러니 울어라. 눈물도 감정의 하나의 표현일 뿐이다.

그리워하지 마,
그 사람은 널 신경 쓰지도 않아

함께 걷던 거리를 혼자 걷다 떠올린다.

내가 떠올린 것이 아니라
떠오른 잔상이라 하는 게 맞겠다.

SNS를 검색해 본다. 비공개이다.
나 때문일 거라는 착각을 한다.

친구에게 물어본다.
"나 때문이겠지?"

친구가 말한다.
"아니, 걔는 너한테 관심도 없을걸?"

가끔은 자신에게 혹독할 만큼의 솔직함을 표현하는 것도 좋다. 그리움과 싸운다는 것은 늘 그 대상을 마음으로라도 지켜보고 있다는 것을 뜻한다. 스스로에게 묻는다.

'내가 이렇게 보고 싶어 하는 것을 알고 있을까? 변함없이 너를 사랑한다는 것을 알고 있을까? 혹시 모르잖아. 조금만 더 기다려보자.'

아니요. 그 사람은 모릅니다. 그러니까, 더 이상 그리워하지 마세요. 당신이 잊지 못하고 아직도 힘들어하는 그 사람은 당신을 신경 쓰지도 않아요. 물론, 그 사람도 가끔 당신 생각이 날 거예요. 하지만 그런 것은 아무 의미 없는 감정이에요. 당신이 뭘 하든, 어떻게 살든 궁금해하지 않아요. 당신의 마음과 행동에 의미를 부여하지 말아요. 시간이 지나고 돌아보면 혼자서 무슨 쓸데없는 짓을 했나 후회할 겁니다. 경험해보는 것도 나쁘지 않지만, 그리 좋은 방법은 아닙니다. 그리움을 거두지 못하겠다면, 그냥 그리워만 하세요. 그 그리움으로 무엇을 하려고 하지 마세요.

당신의 삶이 망가집니다.

괜찮아

아주 가끔 작가로서 사람을 마주할 때가 있다.

"어? 정말 슬픈 글을 쓰는 작가처럼 생기셨어요."

"네?"

"뭐랄까… 슬퍼 보여요."

슬퍼 보인다는 말은 맞는 말일지도 모르겠지만
나는 왜 하필 슬픈 글을 쓰는 작가로 보였을까.

특별히 슬퍼 보이는 것이 아니었다. 하지만 그의 얼

굴은 항상 슬퍼 보였다. 그래서 슬픈 얼굴은 그의 보통의 얼굴이 되었다. 한 번도 괜찮냐고 물어보지는 않았다. 오히려 가끔 얼굴에 다른 표정이 보이면 물었던 거 같다.

"무슨 일 있어?"

무언가 거꾸로 돌아가는 기분이었다.

2년을 치워뒀던 거울을 창고에서 꺼내 방에 다시 걸었다. 거울 전체가 슬퍼 보였다. 잃었던 표정이 돌아왔다. 거울에 보이는 그의 얼굴은 많이 슬퍼 보였다. 눈물이 났다. 힘겹게 말했다.

"괜찮아?"

나는 말했다.

"아니."

더 할 말이 없었다. 얼굴에 슬픔을 찾음으로써 나는 전보다 괜찮아졌다.

주변에 늘 슬퍼 보이는 얼굴을 한 사람이 있다면, 마음은 이미 만신창이가 되었다는 뜻이다.

그런 말이 있다.

'얼굴은 마음의 거울이다.'

관심도 위로도 필요하지 않다. 그냥 한 번쯤 얼굴을 마주하면 아무 소리 없이 옅은 미소로 말해줬으면 좋겠다.

"괜찮아."

집착은 최악이다

일방적인 그리움과 감정의 전제조건에 의해
이 감정이 집착이 되어가는 것이 죄스러워 죽을 것 같다.

좋아해도 되는 사람이 있고, 좋아하면 안 되는 사람이 있다. 내 감정이 중요하듯 상대방의 감정도 중요한데, 내 감정에 모든 상황을 적용시키는 것은 참으로 이기적인 일이다. 좋았던 기억들마저 사라지게 만드는 이런 일방적인 감정은 놓아주는 게 최선이며, 그럴 수 없다면 최소한 감추는 것이 예의이다. 기억하고 싶은 사람은 못 되더라도, 기억하기 싫은 사람은 되지는 말자.

오늘 처음으로
그런 생각을 했다
잊을까

쓸모없는 하루였다
아무것도 하지 않은
하루가 아니라

차라리 쓸모없는
하루를 만들어라

그렇다면 최소한
죽어가지는 않는다

*

아버지는 왜 산에 오르시는 걸까

아버지는 베이비붐의 세대로서 평생 일만 하신 안쓰러운 세대이다. 그리고 산을 가득 메운 등산의 세대이기도 하다. 연세에 비해 많이 젊어 보이는 외모이셨던 아버지는 내가 고초를 겪는 동안 세월을 그대로 맞으셨다. 아버지는 작은 등산회의 회장이신 모양이다. 모순적인 일은 건강을 위해 산을 오르는데, 산에 오르는 것 때문에 건강이 악화되셨다는 것이다. 허리가 안 좋은 사람이 산을 오르는 것부터가 사실 어불성설이었다. 아버지는 내가 아는 사람 중에서 가장 똑똑한 사람이다. 그래서 남의 말을 잘 듣지 않으신다.

지금도 역시 산에 오르신다. 며칠 전, 어머니께서 그런 말씀을 하셨다.

"네 아빠는 같이 산에 가면 조금만 올라가도 헥헥 거리면서 하루가 멀다 하고 산에 가려고 한다. 조금만 올라가도 심장이 아프다고 하는데 걱정되어서 죽겠다."

어느덧 아버지의 체력이 어머니에게 미치지 못하는 순간이 왔다. 아버지는 산에 왜 오르시는 걸까. 친구들이 모두 은퇴하신 지금도 아버지는 현역에 계신다. 평생 동안 가장 먼저 집을 나서 가장 마지막으로 귀가하신다. 나는 아버지가 우시는 것을 본 적이 없다. 내가 아는 아버지는 눈물도 없는 사람이다.

내 감성은 모두 어머니에게서 온 것이다. 하지만 요즘은 내가 잘못 알았을지도 모른다는 생각을 간혹 하기도 한다. 깊게 패인 주름과 점점 어두워지는 얼굴빛이, 갈수록 옅어지는 머리색이 평생 기억에 남을 모양이다. 오늘은 조금 울어야겠다.

어느 날에는 상처가 그리움이 되기도 했다

이 계절은 겨울, 첫눈이 떨어진다.
불현듯 혼자 맞는 눈이 서러웠다.
옛 그리움과 함께
어깨에 내려앉은 눈이 무겁게만 느껴졌다.
한데 행복하지 뭐냐.

어느 날, 문득 상처가 간지러운 날이 있다. 그리고 그런 날들 가운데 그 상처가 유독 더 가려운 날이 있다. 한때 그 상처만을 바라보며, 언젠가 아물기만을 기다리다가 스스로 지쳐 못내 치유하기를 포기했던 상처. 그리고 기억. 완전히 잊지는 못했지만 지금처럼 가끔 가려운 것만으로도 나는 만족하고 매일을 살아가는 중이다.

몸이 아파 병원에 가서 치료를 받으면 진료 기록이 남는다. 우리가 살면서 받는 상처들 또한 이 같은 기록이 남는다. 그 기록은 상처와 얽힌 기억에 모두 남아있다. 하지만 상처라고 한들 그저 아프기만 했을까. 일상은 날마다 상처를 동반하지만, 오히려 큰 상처는 남지 않는다. 큰 상처는 결국 우리가 진심으로 행한 특별함에서 온다. 그리고 그 특별한 기억에는 행복이 여전히 남아있다. 그래서 어느 날에는 상처가 그리움이 되기도 했다.

우울할 필요가 없었다

꽃이 떨어지는 것을 보고, 슬프다는 생각을 했다.
낙엽이 지는 것을 보고, 외롭다는 생각을 했다.
첫눈이 내리는 것을 보고, 보고 싶다는 생각을 했다.
꽃이 피는 것을 보고, 괜찮다는 생각을 했다.
내게는 우울이 필요가 없었다.

슬픔이 깊어지면 우울해진다고 생각하는데, 그것은 틀렸다. 슬픔과 우울은 엄연히 다른 감정이고 다른 상태이다. 슬픔을 억지로 우울로 끌고 가서는 안 된다. 슬픔은 괜찮지만, 우울은 안 된다. 슬픔이 아무리 깊고 오래

되어도 정신이 건강한 사람은 절대 우울에 이르지 않는다. 그것을 확실히 구분할 줄 알아야 한다. 그저 슬프고 마는 사람이 되어야 한다. "나는 슬픈 사람이야, 슬퍼서 미치겠어. 슬프니까 점점 우울해." 이런 말도 안 되는 합리화는 최악이다.

우울은 질병이다. 슬프다고 약을 먹지는 않는다. 하지만 우울은 약을 처방받는다. 약을 처방받는다는 것은 도움이 필요하다는 뜻이다. 슬픔은 노력하면 충분히 혼자서도 이겨낼 수 있다. 슬픔을 다루는 법을 알아야 한다. 우울감 때문에 병원을 찾는 사람들 대부분의 증세는 우울이 아니라 불안감이라고 한다. 우울을 느끼고 있다면 그 즉시 병원에 가서 상담을 받는 것이 좋다. 그렇게 해야 자신이 느끼는 감정이 우울이 아니라는 것을 알 수가 있다. 무엇이든 확실히 알고 나면 마음이 편해진다.

감정 쓰레기통

슬픔이 극에 달했다. 힘듦도 극에 달했다. 그리움은 극을 넘어섰다. 더하여 유례없는 외로움을 느끼는지도 모르겠다. 집으로 가는 발걸음을 돌린다. 가야 할 곳이 있다. 성산대교 아래 한강 공원이다. 생각하면 행복하면서도 바라보면 슬픈 곳. 무거울 대로 무거워진 감정들을 질질 끌어서 가져간다. 죽을힘을 다해 가져온 감정을 맥주 한 캔과 함께 강물에 버리고 돌아온다. 하염없이 내다 버리고 온다. 몇 번이고 내다 버리고 온다. 아마 그곳은 내가 두고 온 감정으로 오염되었을 것이다. 그럼에도 불구하고 이곳은 올 때마다 아름답다. 올 때마다 일렁인다. 올 때마다 반짝인다.

사실은 나는 이곳에 내 감정을 버리러 오는 것이 아니라, 두고 온 감정을 다시 찾으러 오는 지도 모르겠다. 갈 곳이 있다는 것은 다행인 일이다. 찾을 곳이 있다는 것은 소중한 일이다. 어쩌면 같은 시간, 같은 공간이었을지도 모르는 기억이 있다. 바로 옆에 두고도 몰라봤을 기억이 있다. 그것들이 여기에 있다. 이 공간만큼은 변하지도 사라지지도 않았으면 좋겠다.

*

눈물이 많은 사람

아버지는 눈물이 많아 걱정이라고 하셨고,
어머니는 눈물이 많아 미안하다고 하셨다.

내가 기억하지 못할 정도의 어린 시절에 나는, 그렇게 세상 해맑고 행복하게 웃었다고 한다. 그리고 내 기억이 시작되는 그 순간부터는 나는 눈물이 참 많은 아이였다. 이 부분이 슬픈 이유는 내가 흘렸던 눈물은 투정의 눈물도, 억울함의 눈물도 아니었기 때문이다. 그 어린 나이에 나는 이미 슬픔을 느끼는 눈물을 흘렸다. 내가 슬펐기 때문이 아니라, 슬픔에 공감하고 빠져드는 능력이 보통 사람보다 유달랐던 거 같다. 지금에야 그런 감수성이 내가 글을 쓰는 원천이 되었지만, 눈물은 오래 되었어도 참 받아들이기 쉽지 않은 감정이다.

스무 살 때 아버지가 하신 말이 있다.

"사내놈이 눈물이 많아 세상을 어떻게 살려고 그러느냐."

아마도 걱정이셨던 거 같다. 그리고 같은 눈물을 보며 어머니는 늘 말씀하셨다. 눈물이 많은 아들로 낳아서, 또 그렇게 키워서 미안하다고. 내 눈물은 어머니를 똑 닮았다. 어머니의 눈물을 많이 봤다. 그 눈물은 대부분 나를 향하고 있었다.

그 눈물을 나는 너에게서 다시 봤다. 내가 흘리는 눈물은 하나도 슬프지 않았으나, 내 앞에서 떨어지는 너의 눈물은 단 한 방울도 괜찮지 않았다. 슬펐다. 아팠다. 미칠 것 같았다. 나를 용서하고 싶지 않았다. 눈물은 아무리 좋게 포장해도 눈물이었다.

행복해서 운다는 말을 나는 이해하지 못한다. 내가 행복했던 때는 늘 웃기만 했기 때문인 것 같다. 내 생애 한 번도 행복 때문에 눈물을 흘린 적은 없다. 감정이 북받쳐 올랐어도 결국은 웃음이었다. 그런데 이상하다. 나는 사람들이 가끔 울었으면 좋겠다. 우는 것을 부끄럽게 생각하지 않았으면 좋겠다. 눈물도 웃음도 똑같은 하나의 감정의 표현이라는 것을 부디 알아줬으면 좋겠다.

*

그런 운명은 싫다

"운명이라면 계속 불어올 것이고
운명이 아니라면 이대로 스쳐 지나가겠지
너는 가지 않았으면 좋겠어."

살다 보면, 언젠가 만나게 되는 것이 운명이라면, 나는 운명이 싫다. 마음을 잃지 않고 지내는 사람에게 하늘이 주는 기회라면 그것은 좋다. 너를 만나기 전의 나는 운명을 꽤 진지하게 생각했던 것 같다. 하지만 너와 헤어진 후로는 운명을 마음에 담지도 않았다. 그러던 어느 날, 그런 생각을 했다.

'무슨 운명이 이래? 그러면 우리는 사랑할 운명이기도 했고, 헤어질 운명이기도 했던 건가?'

운명은 생각하기 나름이다.

하루에도 수많은 운명이 나를 스쳐 간다. 그것은 사람이기도 하고 사건이기도 하다. 운명은 사랑에게는 의지가 되는 것이고, 사람에게는 의미가 되는 것이다. 다른 것이 아니라, 그냥 네가 내 운명이었던 것이다. 내가 너의 운명이었는지는 이제 모르겠다. 운명이 이렇게 단번에 끊어질 리도 없다. 나는 계속해서 운명에게 질문을 할 것이며, 운명은 딱 한 번만 대답하면 된다. 듣고야 말 것이다.

'살다 보면 만나지는 것이 운명이라면, 나는 운명이 싫다.

노력하는 사람들에게 주어지는 보상이라면 그것은 좋다.'

세상에 괜찮은 이별은 없다

세상에 괜찮은 이별은 없다. 좋은 사람인 척 좀 그만해라. 못나 보이기 싫은 거, 지고 싶지 않은 거 다 안다. 그래도 그러지 말아라. 비련의 주인공이 되는 것도 좋다. 몸이 썩으면 자르면 되지만 마음이 썩으면 죽는다. 죽지 말고 살자.

누구나 사랑을 하고 누구나 이별을 한다. 그것이 무엇이든 누구나의 범주에 속하는 것은 외롭지 않은 일이다. 외로운 사람들의 특징은 자신을 특별한 사람으로 만드는 것이다. 헤어진 것이 뭐 어떻다고, 왜 사람들의 시선에 발버둥을 치는가. 그러지 마라.

눈이 내릴 것 같은 하늘

출근길 구둣발을 채 놓기도 전에 턱이 들린다.
들린 것은 턱인데 마주친 것은 눈이었다.
하늘에 비친 회색빛 아침.
눈이 내릴 것 같은 하늘이다.

출근길에 하늘을 올려다보는 것은 오랜 습관이자 버릇이다. 하늘을 보는 것을 좋아한다. 시간마다 계절마다 달라지는 하늘을 눈에 담는 것은 나에게는 오감에는 없는 또 하나의 감정을 느끼게 하는 특별한 일이다. 하늘을 말하면, 많은 사람이 석양에 붉게 물든 저녁 하늘을 떠올린다. 나도 일몰이 지는 서쪽 하늘을 온 힘을 다해 사랑한다. 그런데 정말 매력적인 것은 아침의 동쪽 하늘이다. 특히 출근 시간과 맞아떨어지는 겨울의 아침 하늘은 저녁 하늘만큼의 황홀함을 준다.

하루는 겨울이 서서히 익어가던 12월 초의 출근길이었다. 옅은 습기와 회색빛 하늘이 온몸을 휘감고 있었다. 이때 처음 들었던 생각은 눈이 내릴 것 같다는 생각이었다. 이유는 모르겠지만 내 감정이 그렇게 반응을 했던 모양이다. 하지만 그날 결국 눈은 내리지 않았다. 그날 마주치는 사람들 모두가 비가 내릴 하늘이라고 했다. 내가 틀렸다고는 생각하지는 않는다. 그날은 비도 내리지 않았으니까. 우리가 눈으로 볼 수 있는 것 가운데 가장 크고 넓은 것은 하늘이다. 한 번이라도 좋다. 하루에 한 번은 하늘을 올려다보길 바란다.

느낄 수 있는 감정이 적어도 한 가지는 늘어날 것이다.

계속 울다 보면 알게 되는 것

계속 울다 보면 알게 된다.
눈물은 아무 소용이 없다는 것을

많이 울었다. 그리고 오래 울었다. 지금은 그때처럼 울지 않는다. 눈물이 멈췄다기보다는 눈물을 그만뒀다는 말이 맞을 듯하다. 눈물을 그만뒀다. 눈물로 할 수 있는 것은 아무것도 없다는 것을 알았기 때문이다. 그래도 나는 슬픔을 견디기가 힘들다고 상담을 요청하는 분들께 같은 대답을 한다.

"슬프면 우세요. 차라리 그편이 건강합니다. 눈물은 참을수록 날카로워집니다. 그대로 두면 속에 상처가 날 겁니다. 계속 울다 보면 언젠가는 눈물이 멈추는 날이 올 겁니다. 눈물이 아무 소용없다는 것을 알게 되거든요. 그때까지 마음껏 우세요. 사랑은 표현하는 감정이라고 하지만, 슬픔 또한 표현하는 감정입니다. 자신 안에 있는 슬픔이란 슬픔은 모두 표출하세요. 언제까지 슬프기만 한 인생은 아닐 겁니다."

이제 행복 따위는
관심도 없으니까
더는 불행하지만
않았으면 좋겠어

눈물이 주는 위로

정신이 나갔던 무렵, 이런 생각을 한 적이 있다.
너를 생각했는데 눈물이 나지 않으면 어떻게 하지.
눈물이 끝나면 어쩌지.
그러다가 생각나지 않으면 어떡하지.
원래 성격이 그랬지만,
이때부터 나는 유독 슬픔을 파고들었던 거 같다.
이유야 어쨌든 나는 슬픔을 슬픔으로 버텨냈다.

이런 질문을 많이 받는다.

"작가님은 슬플 때 무엇을 하세요?"

"네, 저는 슬플 때 슬픈 영화를 보거나 슬픈 음악을 듣습니다."

"진짜요? 그러면 너무 슬픈 거 아닌가요?"

"네, 슬퍼요, 정말 많이 슬퍼요. 그런데 눈물을 한 바가지 흘리고 나면 속은 시원해져요. 그래서 저는 슬플수록 슬픔을 파고듭니다. 눈물은 참는 게 아니라 쏟아내는 편이 건강하다고 생각합니다. 이건 제 경험입니다. 눈물을 참으면 결국 아프게 되더라고요, 하지만 눈물을 쏟아내면 슬픔에서 멈춰요. 아픔까지 가지는 않습니다. 아프면 정말 끝이에요. 스스로 우울해지는 사람들이 보통 울음을 참는다는 것을 알았습니다. 그렇게 참다가는 울고 싶어도 눈물이 안 나오는 상태에 이릅니다. 이것이 반드시 옳은 말은 아니겠지만 가끔은 사람들이 슬픔에 만족하고 살았으면 좋겠습니다. 감정을 참지 않았으면 좋겠습니다. 화가 나면 화를 내고 슬프면 울고 즐거우면 웃고 감정에 솔직해야 뒤탈이 없습니다. 1주일로 끝낼 일을 1년 동안 붙잡고 살지 마세요. 부탁입니다. 마음껏 우세요."

*

저 사람은
왜 저렇게 슬프게 웃을까

얼굴에 웃음이 가득한데 슬퍼 보이는 사람이 있다. 이 느낌을 공감하는 사람이 있을지는 모르겠다. 아무튼 이런 얼굴을 가진 사람을 마주할 때는 그냥 단순한 생각이 든다.

'저 사람은 왜 저렇게 슬프게 웃지?' 무슨 사연이 있는 걸까.'

결론은 나도 모른다. 저 사람이 진짜 슬픈 사람이 맞는지 웃음으로 슬픔을 감추고 있는지도 모른다. 그냥 나 혼자만의 오해일지도 모른다. 한데 여기서 중요한 것은 저 사람의 슬픔이 아니라, 저 사람의 얼굴에 보인다는 슬픔이다. 그 슬픔이 도대체 무엇이길래 나는 슬픔을 아는 체 한단 말인가. 마치 그 슬픔이 내가 알고 있는 슬픔이라도 되는 것처럼. 세상의 모든 슬픔을 다 알고 있는 것처럼.

진심이 아니면 어때서

사람들이 모두 날 싫어하는 것처럼 느껴질 때
다들 내게 잘해주는데 가식처럼 느껴질 때

모든 사람에게서 진심의 마음을 기대할 필요는 없다. 진심을 알아보기 위해 노력할 필요도 없다. 기대했으면 상처를 받는 것은 관계와 마음 간의 피할 수 없는 공식이다. 사람은 기대감이 생기기 시작하면서 과거의 상처로부터 부정적인 감정을 끌어내는데, 결국 모든 상처의 원흉은 기대감이다. 그저 그 사람이 나를 대하는 태도를 판단할 수만 있다면 그것으로 충분한 일이다. 상처받을 필요도, 실망할 필요도 없다. 사랑이 아니라면 말이다.

저 사람이 내게 친절을 베푸는 것이
진심이 아니면 어떻게 하지? 가식이면 어떻게 하지?

가식이면 뭐 어때서 어쨌든 나한테 잘해주잖아.
내가 그 사람과 마음을 섞을 것도 아닌데.

왜 굳이 내가 먼저 마음을 맞대려고 하는 건데.
적당히 주고받으면 그만인 사람이야.

누군가를 잊는 법

어느 날은 온종일 네 사진만 붙잡고 있고,

또 어느 날은 슬쩍 보지도 못하겠고,

그리움은 참 모진 감정이다.

글을 쓰면서 가장 많이 받는 질문은 "어떻게 잊어야 할까요?"이다. 나는 늘 같은 대답을 한다. "못 잊어요. 노력으로 되는 일이 아니에요."

잊기 위해 하는 행위 자체에서부터 이미 지난 사람에

대한 생각을 하게 된다. 그것을 차단해야 한다고 생각한다. 생각나면 생각나게 놓아두고, 보고 싶으면 보고 싶다 생각하고, 느끼는 감정에 억지스러움을 넣지 않고 그대로 놓아두라고 한다. 이건 오롯이 내 생각이다. 나는 한 번도 잊어야겠다는 생각을 한 적이 없기에 솔직히 잘 모르겠다. 어떻게 하면 잊을 수 있는지. 그저 내가 느끼는 결정적인 생각은 무엇을 봐도 그곳에 그 사람이 있다는 것이다. 현실적인 조언을 한다.

"생각할 시간을 없애세요. 혼자 있는 시간을 줄이세요. 기회를 모두 차단하세요."

사진 한 장 못 지우고 있는 사람이 무슨 기억을 지우겠다는 건지 모르겠다.

너에게서 다른 사람이 느껴졌던 날, 지인에게 물어본 적이 있다. 이제 잊어줘야 하는 걸까? 내게 돌아온 대답이 있다.

"뭣 하러 잊으려고 노력을 해? 좋아하는 건 네 마음

이잖아. 차라리 다른 사람이 생긴 것이 화가 난다고 말하면 모르겠어."

그런 생각이 들었다. 그래, 내가 착한 척, 좋은 사람인 척할 필요가 뭐가 있어. 자연스럽게 놓아두자. 피해만 주지 않으면 되는 거잖아.

슬픔도 적당해야 한다

아침에 거울을 보는데 문득 그런 생각이 들었다.

'못생겼다'

내가 너무 망가져 있었다.

이대로는 아무것도 할 수 없겠다는 생각이 들었다.

정신을 차리기로 했다.

슬픔에서 헤어 나오기로 했다.

반차를 쓰고
혼자서 낮술을 한다

이것은
내가 살며 저지르는
가장 미친 짓이자
가장 괜찮은 짓이다

특별한
일탈 하나쯤
갖고 사는 것이
제대로 사는 것이다

무뎌진다는 말에 대하여

눈물이 떨어지는 순간에 내가 할 수 있는 일은

휴지로 그것을 닦아내거나,
손등으로 훔쳐내는 것뿐이었다.

슬펐다, 처음에는 이유가 슬펐고
나중에는 눈물이 슬펐다.

눈물의 이유는 사라진 지 오래였다.

많은 사람들이 같은 말을 한다.

“너무 오래 너무 많이 슬퍼서 슬픔이 무뎌지는 것 같아요. 저 정말 괜찮은 걸까요?”

아니요. 무뎌진 것은 슬픔이 아니라 슬프게 된 이유입니다. 슬픔은 무뎌지는 감정이 아닙니다. 솔직히 말하면 익숙해지는 감정이라고 볼 수도 없습니다. 지금 슬프지 않는 것처럼 느껴지는 것은 당신이 슬프게 된 이유가 힘을 잃어가기 때문입니다. 언젠가 생각해 보면 내가 왜 울고 있는지도 모를 때가 있습니다. 저는 그때가 아픔의 시작이라고 생각합니다. 슬픔에는 이유가 있지만 아픔에는 이유가 없어요. 시간의 이동에 따라 감정은 변화하고 이동합니다. 정해진 순서는 없지만 저의 경우에는 슬펐고, 힘들었고, 그리웠고, 아팠고, 외로웠고, 다시 그리웠습니다. 다른 사람의 감정은 모르겠습니다. 하지만 확실한 것은 슬픔은 부정할수록 더 스며든다는 것입니다. 슬픔을 모르는 척하지 마세요. 슬픔의 이유를 모두 잊게 됐다면 그때는 슬픔과 이별하는 것도 좋습니다.

*

희망의 모순

그만하고 싶다가도, 네 얼굴 한번 보고 싶어서 희망이 가득했었고, 희망에 대한 자신도 있었다. 희망이 사라졌고, 포기하는데 이르렀다. 그러다가 지금 잊고 지내던 희망이 다시 눈에 아른거리기 시작한다. 희망이라는 것은 참 무서운 것이다. 괜찮아졌던 감정을 이렇게 저렇게 들쑤신다. 인생에 파도가 치는 것에 점점 불편함을 느낀다. 내가 살아온 인생이 그것을 증명하고 있다.

서울에 살면 별을 쳐다보는 일이 거의 없다. 그것은 별이 보이지 않는다는 것을 알기 때문이다. 한데 어느 특별한 날, 유성이라도 떨어진다는 소식이 있으면 사람들은 그 시간에 하늘만 바라보고 있다. 잠시 후 실망하게 될 거라는 것을 다 알면서도 말이다.

희망이라는 말 자체가 모순이다. 희망은 따지고 보면 엄청나게 부정적인 단어다. 어떤 일을 이루거나 하기를 바람, 앞으로 잘 될 수 있는 가능성. 바람과 가능성. 결국 일어나지 않을 일에 대한 최대한의 긍정 표현이다. 잘 되면 좋고, 안 되면 어쩔 수 없고. 우리는 어쩔 수 없는 것에 상처받는다. 나이가 들수록 해야 할 일은 하나의 행복을 찾는 것보다는 하나의 상처를 줄이는 일인 것 같다. 희망적이라는 말을 쓸 때는 이미 거의 망했다는 뜻이기도 하다.

3년 전에는 충분히 다시 할 수 있을 거라고 생각했는데
지금은 시간이 너무 아프다.
내가 또다시 희망을 품는 거 같아 무섭다.

변화

물건을 잘 버리지 못하는 성격이다. 그래서 사소한 것조차 쉽게 버리지 못한다. 하물며 의미 있는 것들은 오죽 심했을까.

내 방에는 선물 받은 박스와 포장지를 모아두는 큰 서랍장이 있다. 그것들을 모아두는 이유는 간단하다. 버리고 싶지 않기 때문이다. 이러니 과거를 어떻게 지울까.

그러던 어느 날, 큰 결심을 했다. 정리가 필요하다고 생각했다. 무언가 심한 스트레스에 빠지거나 마음이 크게 울적할 때 물건을 하나씩 버리기 시작했다. 처음에는 마음을 몇 번이나 바꿨지만, 지금은 오히려 과감하게 버린다.

선택도 마찬가지가 되었다. 하려고 했던 것은 그냥 고민 없이 저질러버린다. 덕분에 마음은 편해졌다. 한 번 버린 것은 다시는 가져올 수 없다는 것을 알면서도 말이다. 후회해도 소용없는 것들에 대해 스스로 익숙해지는 것을 선택했다. 마음이라도 편해 다행이다.

그만둘 것도 많고,
시작할 것도 많다

시간은 한정적이고 하고 싶은 것은 늘 많다. 무언가를 새롭게 시작하려면 기존의 무언가를 그만둬야 하는 것은 어떻게 보면 당연한 일인데, 우리는 그것을 잘 조절하지 못한다. 투자하는 시간을 점차 맞춰 나가는 것이 최선이겠지만, 모든 것에 이 방법을 적용할 수는 없을 것이다.

나는 사실 새로운 시작을 선뜻하지 않는 성격이다. 도전하지 않는 성격이다. '지금 하고 있는 것이나 잘하자.' 이런 마음가짐은 올곧아 보이지만 내 경험에 의하면 최악이다. 나 같은 사람들은 후회가 많은 편이다. 후회야말로 인간의 삶의 가치를 떨어뜨리는 가장 큰 적이다. 지금의 나는 힘든 일을 겪으면서 많이 달라졌다. 겁이 없어졌다. 그렇기 때문에 멈추는 것에 주저하지 않고 시작하는 것에 서슴지 않는다. 물론 잘못된 선택을 하기도 한다. 하지만 괜찮다. 잠시 돌아가면 되니까 오히려 간단해졌다. 답이 나왔기에 여기서 발생하는 후회는 일시적이다. 하지만 앞서 말한 후회는 그 끝에 기약이 없다. 결국 나를 병들게 한다. 그래서 나는 주저하는 사람들에게 차라리 저질러 버리고 후회하라고 말하곤 한다.

사람을 잊어야지,
그 많은 기억을 어떻게 다 잊겠어

사랑하는 동안 생긴 기억이 얼마나 되는지 세어본 적이 있다. 지금 생각해 보면 참 웃기지도 않는 짓이었다. 기억을 세는 시작점을 처음 만난 순간으로 했으니, 가장 먼 기억에서부터 시작이었다. 확실히 먼 기억일수록 기억이 적었다. 1년 정도의 기억을 세었던 것 같다. 물론, 나에게만 남은 기억뿐이었겠지만.

어쨌든, 그 말도 안 되는 행위의 결과로 내가 얻은 것은 '기억을 잊는 것은 불가능 하겠구나'였다. 많은 사람들이 내게 묻는다.

"어떻게 하면 그 사람과의 기억을 잊을 수 있을까요? 지우는 방법이 있을까요?"

나는 그런 방법은 없다고 말한다. 사람 한 명을 잊으면 될 것을 다 헤아릴 수도 없는 기억을 어떻게 잊을 수 있을까. 그렇다고 사람 한 명을 잊는 건 또 쉬운 일일까. 이별은 어떤 것도 내 마음대로 할 수가 없다.

끝이 다가올수록
할 말이 줄어든다

이제
보고 싶다는 말밖에
생각이 안 난다

내가 그리움에
필사적인 이유는
여기서 그만하면
우리는 진짜
끝이기 때문이다

*

일상에 남겨진 흔적들

꿈에서 튕겨져 나온 허무한 아침
괜스레 지난밤이 무섭기도 고맙기도 하다.
다가온 너의 지금은 여전히 나의 아침과 닮아 있을까.
만약 그렇다면 걱정이 되기도 하고 고맙기도 하다.

출근길, 잠시 멈춘 창문 밖으로 아주 천천히 네가 지나갈 때가 있다. 곧이어 너의 발걸음 뒤로 많은 잔상이 따라붙는다. 내가 본 것이 네가 아니라는 것을 잘 알면서도 기어코 나는 버스에서 내린다. 그리고 한참을 그 자리에 앉아 있는다. 이상한 일은 시간이 지날수록 너의 뒷모습과 꼭 닮은 사람이 많다는 것이다. 그럴 때마다 혹시라도 그게 정말 너일까 봐 심장이 덜컹 내려앉고는 한다.

이별 후에 가장 예민한 것은 눈이 아닐까 싶다. 모든 감각에서 그리움이 시작된다고는 하지만, 가장 빈도가 높고 강력한 감각은 역시 눈으로 보는 것이다. 눈에 보이는 모든 것에 네가 있다. 함께한 추억이며, 기억이며 너를 떠올리게 만드는 것들이 널리고 널렸다. 흔적을 지우다 삶을 다 살 듯하여, 나는 흔적을 지우는 일을 시작도 하지 않았다.

이대로 괜찮았다.

아무것도 묻지 않아 줘서 고마웠다

한 사람을 몇 년 동안 그리워하고 슬픔 속에서 한 치 앞도 보이지 않는 감정을 글로 쓴다. '왜인지 슬퍼 보이는 사람' 사람들이 보는 나는 딱 그 정도의 사람일 것이다.

힘들다는 메시지가 쏟아진다. 그리고 그 많은 메시지 중에 괜찮냐고 내게 되묻는 메시지는 없다. 이 부분에서 나는 섭섭함을 느끼거나 외로움을 느꼈어야 했는데, 내가 느낀 감정은 오히려 고마움이었다. 고마웠다. 아무것도 묻지 않아 줘서.

내 이야기를 꺼내는 것이 정말 싫었는데 아무도 그것을 묻지 않아 줘서 정말 고마웠다.

스스로에게 너무 야박하다

글쓰기 수업을 하다 보면 많은 사람과 대화를 하게 되는데, 감정을 글로 표현하는 수업의 특성상 마음이 힘든 사람들이 수업을 많이 듣는다. 이야기를 하다 보면 한 가지 특징을 발견하게 된다. 그들은 스스로를 평가하고, 스스로에게 너무 야박하다. 가끔은 '왜 이런 아무것도 아닌 일로 자신을 바닥에 내팽개칠까'하는 생각이 들기도 한다.

상처 때문일 것이다. 두려움 때문일 것이다. 그들에게 행복은 우주만큼 거대한 것이고, 밤하늘의 별만큼 특별한 것이다. 도저히 행복할 수가 없다. 행복이 너무 힘들 것이다. 행복을 바라는 대부분의 사람들은 행복하지 않다고 한다. 행복은 어느 날엔가 알게 되는 것이지 찾는다고 찾아지는 것이 아닌데, 사람들은 행복은 어렵지만 당연해야 하는 것이라고 여긴다.

행복을 느끼기 힘든 이유는 엄청난 행복을 찾고 있기 때문이다. 별것 아닌 행복이었다면, 느끼지 못 할 리가 없다. 행복하다는 사람들을 보면 사소한 것에서 행복을 느낀다고 한다. 생각해 볼 필요가 있다. 내가 바라는 행복이 기적 같은 행복은 아닌지. 그래서 나는 맛있는 것을 먹을 때 행복하다는 사람들이 너무 멋있다.

행복은 기적 같은 것이 아니라, 어느 날에 부는 바람 같은 것이다.

극복하려고 하니 힘든 것이다

사는 것이 힘든 이유는 상황을 극복하려고 하기 때문이다. 머물러 있는 것만으로도, 버티는 것만으로도 이미 충분히 잘 하고 있는 것인데 조금 더 나은 삶을 살기 위해 극복하려고 하다 보니 결과에 상처를 받기도 하고 갈수록 고달파진다. 좋은 결과에 의해 삶이 나아진 만큼 반대로 마음은 썩어간다. 감정 또한 마찬가지다. 슬프면 슬퍼하고, 눈물이 나면 눈물을 흘리고, 아프면 아파하면 되는데 극복하려고 하니까 병이 드는 것이다. 감정을 극복하려는 이유는 알고 보면 나 때문이 아니라, 주변의 시선 때문인 경우가 태반이다. 힘든 시절에 빠져있다면 오롯이 나만 생각하는 것도 좋은 방법이 된다.

이것이 관계의 정리가 필요한 이유다. 내가 아는 사람이 없다면, 신경 쓰일 사람도 없다. 다시 시작하는 것이 생각만큼 어렵지 않을 것이다.

서로 다를 뿐이다

소중한 사람을 위해 자신의 것을 포기하는 사람과

자신의 것을 위해 소중한 사람에게
미안하다는 말을 하는 사람

서로의 행복이 다를 뿐이다.

*

진짜와 가짜

진짜인지 가짜인지 모르겠을 때는
틈을 찾으면 된다.

가짜는 항상 틈 없이 완벽해 보인다.
완벽하게 만들어낸 것이기 때문이다.

자연 그대로의 것 혹은 날것은 자극적이지 못하며
가공된 것은 대부분 자극적이고 청량감이 있다.
그것에 매료될 수밖에 없는 것이다.

손목시계를 풀었다

네가 준 어떤 사소한 물건도 소중히 여겼다. 어느 하나 내 일상에서 벗겨내지 않았다. 나는 성격상 핸드폰보다 시계를 더 자주 본다. 왼쪽 팔목에 깊게 박힌 은장의 손목시계가 있다. 두 번째 생일에 받았던 선물이었다. 그리고 그 시계를 풀었다. 내가 벗겨낸 첫 번째 물건이었다. 시계를 푼 이유는 역시 살기 위해서였다. 일상생활이 불가능했던 것이다. 아무리 바쁜 순간에도 시계를 보게 되면 감상에 빠지곤 했는데 업무에 방해가 될 정도였다. 그래서 가장 먼저 벗겨낸 것이 손목시계였다. 정말 큰 결정이고 결심이었다.

나는 한 번도 어떤 것을 한 번에 벗겨낸 적은 없다. 조심스러웠고 걱정스러웠다. 뭐든 한 번에 처리하려고 하면 사고가 난다. 감정에도 작은 사고가 있고 대형 사고가 있다. 마음먹은 김에 한 번에 처리한다는 생각은 위험한 생각이다. 때문에 용기가 생길 때마다 그 사람이 두고 간 것을 그저 하나씩 벗겨내야 한다. 나는 지금도 그렇게 하고 있다. 어느 날에는 책을 모두 내다 버렸고, 어느 날에는 가던 발걸음을 멈췄다. 오랜 시간을 한 번의 결정으로 지우려 하는 것은 오만이다. 감정을 과소평가하는 것이고 나를 과대평가하는 것이다.

감정은 예민한 것이어서 강하게 힘을 주면 반드시 사고가 난다.

후회는 크게 할수록 좋다

슬픔의 끝, 외로움의 끝, 힘듦의 끝, 그리움의 끝. 사람들은 늘 끝을 찾아 헤맨다. 시작을 찾아 헤매는 것이 아니라, 한사코 끝을 찾기 위해 헤맨다. 어느 감정도 명확한 것이 없다. 사랑도 마찬가지다. "나는 그때부터 너를 사랑했던 거 같아" 확실하지 않은 이야기다. 내가 그렇게 정했으니 그렇게 된 것이다. 끝을 찾는다는 것은 결국 그만하고 싶다는 것이다. 지쳤다는 것이다. 죽을 것 같다는 것이다.

나는 끝을 찾아야 하는 순간이 오면 늘 뒤돌아봤다.

오랜 시간 동안 많은 선택의 잘못이 있었다. 이제 와서 그 선택들을 모두 둘러보며 후회하고 반성하기에는 시간이 아까웠다. 내가 기억하는 가장 먼 곳으로 나를 던진다. 그리고 그 선택의 시작을 후회한다. 한 번뿐인 후회를 며칠을 두고 한다. 때로는 반나절에 끝나는 후회가 있고, 달을 넘기는 후회도 있다. 그래도 괜찮았다. 커다란 감정이 하나 생기면 미미한 감정들은 느껴지지도 않았으니까. 괜찮다, 괜찮다 하는 마음으로 아무리 나를 돌보았어도, 나는 지금도 처음 그 순간을 후회한다.

하지만 괜찮다. 나는 고작 하나의 후회를 가졌을 뿐이니까.

살아있고 싶은 마음을 만들다

갑작스럽게 머릿속에 플래시가 터지면서 셔터가 열렸다 닫힌다. 내가 가진 그리움은 아무리 넘쳐도 목구멍 위로는 올라가지 않는다. 때문에 머릿속도 새까맣다. 입가에는 감정이 머무르지 않는다. 입가에 머무는 것은 대부분이 이성적인 것이다. 이성이 감성을 내려찍는 이유는 중력 때문일지도 모른다. 뇌의 위치와 심장의 위치가 그렇다. 문득 드는 생각이 있다. 심장과 뇌의 크기의 차이에 대한 이성과 감성의 우열관계. 순간의 기억이 번쩍인다. 다시 새까맣다. 두어 시간 지나 다시 번쩍인다. 조금 더 시간을 쓴다. 실패다. 퇴근길, 역시 새카만 하늘이 번쩍인다. 나도 함께 번쩍인다. 생각이 났다. 기억이 이어진다. 삐거덕거리던 기억들이 파동을 만든다.

나는 끝내 그 물결에 빠진다. 기억을 찾았다. 내게서 엔도르핀이 솟는 유일한 순간일 것이다. 하염없이 기꺼웠다. 이제 시간여행을 시작한다. 밤을 지새운다. 잊었던 기억은 나를 슬프게 하는 것이 아니라, 살아있고 싶은 마음을 만든다.

계속해서 기억을 찾고 싶었다.

나도 위로가 필요했나보다

위로라고 건네는 말은 하나같이 귀찮았다. 한데 이제는 누가 나를 좀 붙잡아 줬으면 좋겠다는 생각을 한다. 붙잡아 내게 그쪽으로 가지 말라 하는 것이 아니라, 기어코 가더라도 무사히 돌아오라고 불안한 마음을 거들어줬으면 좋겠다는 생각을 한다. 나라는 인간은 세상을 혼자 사는 척, 다른 사람과는 다른 척하면서도 끝내는 당신들이 내 걱정을 하기를 바랐는지도 모르겠다. 나도 모르는 사이에 소중한 것이 되어 있었던 것 같다.

깨달음으로 돌아보면 당연하게 생각하는 것 중에는 스스로가 인지하지 못하는 소중함이 적지 않게 숨어있다. 사실, 세상의 모든 당연한 것은 설명하기가 어렵다. 당연한 것은 설명할 필요도 설명해본 적도 없기 때문이다. 소중한 것의 존재를 알아채는 사람은 조금 더 견디는 것이고, 알아채지 못하는 사람은 결국 무너지는 것이다. 때로는 다른 방법을 찾는 것이 아니라, 이미 내 곁에 있는 소중함을 찾는 것이 마음과 머리의 균형을 지탱해주는 큰 무기가 된다.

공감의 위로

종일 괜찮다, 괜찮다 하면서도
마지막에 드는 생각은 언제나 '안 괜찮다.'

위로를 직업으로 갖는 사람들이 권하는 가장 뻔한 조언.

'좋은 생각과 긍정적인 마음가짐으로
불편한 현실을 덮어라'

백 번을 그렇게 생각해 봐라, 그게 되는지. 감정을 생각으로 덮으려 하면 거대한 후폭풍이 오기 마련이다.

나는 공허함은 이런 것에서 증폭된다고 생각하는 편이다. 물론, 이것 역시 검증된 바 없는 온전한 내 생각일 뿐이다.

'괜찮아, 괜찮아, 괜찮아' 몇 번을 말해도 마지막에는 언제나 '정말 괜찮은 걸까? 이렇게 하는 게 맞는 걸까? 아니야 안 괜찮은 거 같아.' 같은 의문투성이다.

나는 이 과정의 순서에 문제가 있다고 생각한다. 차라리 '안 괜찮아, 안 괜찮아, 안 괜찮아'하고 현실을 인정해버리면, 반대로 안 괜찮다는 현실을 의심하는 순간이 오기도 한다. '아니야 이 정도면 괜찮은 건가? 나 같은 사람이 혹시 있으려나?' 그리고 찾게 된다. 나처럼 안 괜찮은 사람들을.

내가 괜찮아지는 가장 현실적인 방법은 괜찮아 보이는 사람들처럼 되려고 발악을 하는 것이 아니라, 안 괜찮은 사람들에게서 내가 특별하지 않다는 것을 알게 되는 것이다. 나 같은 사람이 이렇게 많다는 것만으로도 사람은 괜찮아진다. 이것은 분명한 사실이다. 공감이라는 마음은 실로 엄청난 감정인 것이다.

너무 조용해서 외로웠다

일상이 시끌벅적한 것을 극도로 싫어했고, 조용하고 고즈넉한 일상을 유지하는 것이 나는 좋았다. 지금의 내 삶은 조용하고 또 조용하다. 조용하다 못해 적막스럽다. 내가 하는 걱정이나 근심에는 소리가 없다. 소리가 없는 것들은 이상하게 뱉어내지 못하고 자꾸 빨아들이게 된다. 감추고 감내하고 아무도 모르게 그것을 내 마음과 머리에 밀어 넣는다. 가끔 날아드는 이슈는 마음이 없어도 되는 것들이었고, 날마다 기다리는 소식은 한 번도 온 적이 없다. 바람 한 점, 파도 한 점 없는 바다에 떠 있는 듯한 날들이었다. 생명체가 하나도 없는 아주 넓은 호수의 한가운데 떠 있는 듯한 기분. 변화 없는 곳에서는 기대할 것도 없다. 내가 이대로 머물러 있는 것도 외로웠지만, 정말 외로웠던 것은 내게 영향을 미칠 정도의 변화가 없는 것이었다. 사는 것이 너무 조용하여 외로웠다.

커피 한 잔을 시켜놓고 카페에 두 시간을 앉아있었다.
책을 한 권 챙겼으나 한 페이지도 넘기지 않았다.
그대로 나는 아무것도 하지 않았다.

두 시간 내내 들어오고 나가는 사람들을 쳐다만 보았다.
저들이 바람이 되기도, 파도가 되기도 했다.

사람 많은 곳. 시끄러운 곳.

때로는 내가 싫어하는 것들이
내 하루에 활력을 넣어주기도 했다.

기어이 네가
나를 잊는구나
기어이 내가
너를 잃는구나
기어이 이런
날을 사는구나

그저
오늘을
살아내어
보자

part 4

『 고맙다,
살아있어 줘서 』

보통의 사람들

남들만큼 나도 나약하고
남들만큼 나도 강하다

병원에 자주 다니고, 한약을 꼬박꼬박 지어 먹는 사람들을 보면 그런 생각이 든다.

'저 사람들은 약한 것이 아니라 강한 사람들이었구나.'

그동안 살며 고집스럽게 굳건하던 판단들이 역전되었다. 나는 왜 그렇게 병원에 가는 것을 싫어했을까. 죽기 직전의 상황이 되어야만 억지로 병원에 갔을까. 요즘에 느끼는 바로는 나는 내가 약해 보이는 것이 싫었던 것 같다. 진짜 강한 것과 진짜 약한 것이 무언인지, 병원에 다녀야 하는 처지가 되어보니 알겠다. 나는 보통의 사람이라는 것을. 이제 와 참 듣기 좋은 말이다.

'보통의 사람'

이로써 고집스러운 생각을 마침내 스스로 두드리기 시작했다. 이 변화가 한 가지의 긍정적인 결과만 가져다주어도 나는 성공이다. 어차피 일어나지 않았을 깨달음이기 때문이다. 고집을 꺾을 때가 온 것이다.

말하지 않으면 모른다

초등학교 때부터 가장 친했던 친구 두 명과 술을 잔뜩 마셨던 날, 친구들이 술김에 나에게 했던 말이 있다.

"이 자식은 속을 모르겠어, 그래서 거리감이 느껴져."

어떤 마음이었는지 나 스스로도 이해하는 부분이다. 나는 내 이야기를 잘 하지 않는 성격이다. 아예 안 한다는 것이 아니라, 속에 감춰둔 이야기가 많다는 뜻이다. 처음에는 속마음을 꺼낼 필요성을 느끼지 못했고, 나중에는 어떻게 꺼내야 할지를 몰랐다. 성인이 되어 한참이

지나서도 친구들은 항상 나에게 너보다 행복한 사람이 어디 있냐고 말하곤 했다. 그들은 내 아픔을 모른다. 내가 감춘 상처를 모른다. 말한 적이 없기 때문이다. 그래서 친구들이 보기에는 그들과 비교해서 나는 행복만으로 살아온 사람이라고 생각하는 것이다. 하지만 그때의 나는 행복을 몰랐다.

내 이야기를 꺼내기까지 참 오랜 시간이 걸렸다.

"이게 내 상처고 내 아픔이다."

친구들은 가만히 듣기만 했다. 그리고 소주 한 잔을 따라주고 함께 마셨다. 그때의 편한 마음은 잊을 수가 없다. 공감은 주로 받는 것이지만, 주는 것에도 의미가 있다. 나와 같은 사람이 있다면 한 번쯤은 마음을 꺼내 보기를 바란다.

*

나를 감추면 오히려 솔직해진다

나는 필명으로 글을 쓴다. 본명이 아닌 다른 이름으로 작업을 하며 작가 활동을 한다. 편하다. 나는 나라는 사람이 유명해지는 것이 싫다. 내가 알려지는 것도 싫다. 그저 인썸이라는 글을 쓰는 사람이 알려져 책이 출간되기를 바랄 뿐이다.

필명을 쓰면 좋은 것이 하나 있다. 세상 누구의 눈치도 보지 않을 수 있다는 것이다. 잘 보일 필요가 없는 것이다. 때문에 내뱉는 것에 거리낌이 없다. 글을 길게 쓸 필요도 없다. 글에 대한 설명이나 해석을 나는 한 번도 해본 적이 없다. 글을 자세히 보면 지어낸 이야기는 극적이고, 만들어진 이야기는 빛이 난다. 내가 쓰는 글에는 그런 것들이 없다. 화려하지도 아름답지도 극적이지도 않다. 슬픔은 그저 슬픔에서 끝이 난다. 슬픈 날에는 그저 '오늘은 마음이 슬프다' 정도로 적으면, 읽는 사람은 그 마음을 스스로 받아들여 이해한다. 짧게 간단히 적으나, 진심을 다해 한 자 한 자 적는다. 참으로 고마운 일이다.

내가 나라는 것을 아는 사람은 손가락에 꼽힌다. 하지만 그들마저도 내가 특별히 신경 쓰지 않아도 되는 사람들이다. 감정을 그대로 드러낸다. 느낀 그대로를 적는다. 구태여 포장하지도 나를 좋은 사람으로 만들 필요도 없다. 감정을 표현하는 글을 쓰는 법을 배우는 사람에게 하는 말이 있다.

"감정을 있는 그대로 꺼내지 못하는 이유는 다른 사람들의 시선 때문입니다. 그 시선만 의식하지 않게 되어도 적어도 감정을 꺼낼 수 있게 됩니다. 그리고 그것에 대한 해결책은 나를 드러내지 않고 글을 쓰는 것입니다. 필명이라는 것은 작가들만 쓰는 것이 아닙니다. 여러분도 감정 표현이 어렵거든 이름 하나를 만들어 보도록 하세요. 훨씬 편할 겁니다."

나를 드러내고 싶거든 먼저 나를 감추는 것도 좋은 방법이다.

서로에 대해 잘 몰랐을 뿐이다

'처음에는 무슨 이유가 있겠지'하고 이해했다.
다음에는 '내가 예민한 건가?'하고 생각했다.
걱정은 확신으로 바뀌어 간다.
그 사람은 원래 그런 사람이었던 것이다.

이별은 실수도 아니고 우연도 아니다. 실수라는 단어는 서로를 감싸주고 이해해주기 적당한 표현이다. 물론 한두 번에 한해서 말이다. 하지만 이별은 실수가 아니다. 나아가 우연도 아니다. 이별은 서로에 대해 몰랐던 것을 점차 알게 되는 것이다. 시간을 두고 알게 되는 것은 실수일 리도 우연일 리도 없다. 그 사람은 그저 원래 그런 사람이었던 것이다. 당신의 책임이 아니라는 것이다.

재회를 바란다면
울고 있을 때가 아니다

기다린다는 것은 계속해서 무언가를 포기해야 한다는 뜻이다. 무엇을 얼마나 어디까지 언제까지 포기해야 하는 지도 모른다. 이것은 계획적인 일도 아니고 운명에 나를 던지는 무모한 일일지도 모른다. 그 사람의 사랑 또한 내 의지와는 상관없이 벌어질 일일지도 모른다. 내가 할 수 있는 거라곤 그 사람이 다른 사람과 잘되지 않기를 바라는 것뿐이다. 그리고 내가 해야 할 것은 온갖 감정에 나를 망가뜨릴 것이 아니라, 더 괜찮은 사람이 되는 것이다. 기회가 왔을 때 잡을 수 있는 사람이 되어

있어야 한다. 지금 이렇게 신세 한탄이나 하며 울고 있을 때가 아니라는 것이다.

나는 그때로 돌아갈 생각이 없다. 더 괜찮은 사람이 될 것이다.

어렵고, 힘들고, 무서워

괜찮은듯하나 괜찮지 않습니다.
괜찮아 보였으나 괜찮지 않았습니다.

해본 적 없는 세상의 모든 것은 어렵고, 힘들고, 무섭다.

살면서 확신을 갖고 행하는 일이 몇 가지나 될까. 확신은 과정과 계산에 의해서 단단함을 갖춰 가는데, 그 과정에서 배우는 것은 어렵고 발전해 나가는 것은 힘들고 한계가 느껴질 때는 무섭다. 그래서 우리가 함께할 사람이 필요한 것이다.

나란히 걸으면
같은 곳을
바라볼 수 있지만
마주 보고 앉으면
서로를
바라보게 된다

그래서 우리는
함께할 사람이
필요한 것이다

나다운 것을 후회하는 중이야

"너답지 않게 왜 그래?"
"나다운 것을 후회하는 중이야."

매사에 차분하고 어떤 상황에서도 쉽게 흥분하지 않는 성격. 그런 나를 직접 겪어본 사람들은 나를 좋은 사람 혹은 착한 사람이라고 말하곤 한다. 나에게는 당연한 일이 그들에게는 당연하지 않은 일인 모양이다. 돌아보면 맞는 말이기도 하다. 사소한 일탈 한 번 없이 나는 성인이 되었다. 친구들과 활발히 어울렸지만, 해선 안 되는 행동을 한 적은 한 번도 없었다. 오히려 나는 그런 일탈에 대해 친구들에게 잔소리를 해대는 입장이었다. 아무튼 나는 그런 인생을 살았다. 욕심도 없이 하고 싶은 것도 없이 양보가 미덕인 양 그렇게 살았다. 그러다가 너를 보았다. 처음으로 좋아하는 것이 생겼고, 욕심이 생겼다. 그리고 결국 나는 대형 사고를 친다. 서른이 다 되어 가는 시점이었다. 그렇게 몇 년을 이렇게 지낸다.

이제 하나 남은 친구는 내게 말을 한다.

"야 너답지 않게 왜 그래, 다들 걱정하잖아."

순간 열불이 났다.

"뭐? 이런 시발, 나다운 것을 후회하는 중이야. 무엇을 위해 내가 이렇게 살았는데, 나는 길에 침 한 번 뱉지 않고 살았다고!"

가만히 듣고 있던 친구가 크게 손뼉을 친다.

"그래, 그거야. 속이 다 시원하다."

요즘에야 느낀다. 내가 좋은 사람이 아니라는 것과 착한 사람이 아니라는 것에 대해서. 이제라도 알게 되어 참으로 다행이다.

모든 일에는 이유가 있다

20대의 내가 스스로의 멘탈을 잡기 위해 늘 되짚던 말이 있다.

'모든 일에는 이유가 있다.'

살면서 일어나는 모든 일에는 이유가 있다. 그리고 슬픔에도 이유가 있다. 슬픔은 눈에 보이는 모든 것에 있었다.

하루가 시작되는 이른 아침.

네가 사준 셔츠를 입고, 네가 선물해준 넥타이를 맨다. 나는 출근을 하기 전부터 이미 슬픔에 빠진다. 너와 함께 산 구두를 신고 집을 나선다. 회사와 반대 방향인 지하철 플랫폼의 선로를 쳐다본다. 출근길에 늘 보내던 이메일 대신에 메모장에 내 감정을 쓰기 시작했다. 이 행위에서도 나는 슬픔을 느낀다. 잘 자고 출근 잘했냐는 아침 인사, 점심은 뭘 먹었냐는 문자메시지, 오늘은 일찍 끝나냐는 질문, 빨리 보고 싶다는 연락까지. 내 삶에서 모두 사라졌다. 하지만 여전히 나는 그대로이고 그 환경도 그대로이다.

습관이라는 것이 무섭다. 생각하지 않아도 생각나는 것. 의도하지 않았어도 옮겨지는 행동. 나의 시선과 모든 감각들. 슬픔은 이렇듯 모든 곳에 있다. 덕분에 나는 이제 갈 수 있는 곳이 없다. 처음에야 추억이라는 것들이 그대로 남아 있을 만한 곳에 가보곤 했지만, 세상은 참 빠르게 변해간다. 우리가 사랑을 시작했던 카페와 마지막을 함께했던 카페가 문을 닫았다. 추억마저 등 떠밀려 기억으로 변질되어 간다. 이런 일들이 자연스러운 일인지 그게 아니면 모든 것이 내게 맞춰진 운명인지 모르겠다. 나는 그저 추억이 사라지는 것에서 아픔을 느낄 뿐, 어떤 것도 막아낼 수가 없다. 이 아픔에도 이유가 있기를 바란다.

꽃, 시, 음악, 그림, 별

누군가에게는 무용한 것들이 나에게는 소중한 것이 되기도 한다. 나는 나 혼자만 아는 것을 좋아하고, 내가 좋아하는 것을 다른 사람이 좋아하게 되면 그것에서 마음을 뗀다. 무언가를 공유하는 것을 좋아하지 않는 모양이다. 그런 사람이 글로 공감을 준다니 참 모순적인 일이다.

글을 쓰게 된 것은 결국 시 때문이었다. 문학을 특별히 좋아한 적은 없다. 그저 중학교 때부터 시를 쓰는 것을 좋아했다. 수업 시간에 시를 쓰다 들켜서 앞에 불려

나가 낭독한 적도 있고, 교무실에서 낭독한 적도 있다. 그 시가 좋았는지는 모르겠다. 그저 웃어줬던 거 같다. 고등학교 때는 별을 보는 것이 좋아 천문학자가 되겠다고 이과를 선택했다. 문과 성적이 훨씬 좋았던 나는 그때 담임선생님께 욕을 무지하게 먹었다. 아마 살면서 내가 처음으로 고집을 부렸던 일이 아닌가 싶다. 음악에 빠진 건 피아노를 하는 동생 때문에 당연한 일이었을 것이다. 내 또래의 친구들이 듣지 않는 클래식 음악을 나는 익숙하게 들을 수 있었다. 그림에 관심을 둔 이유는 내가 하지 못하는 것이기 때문이다. 나는 내가 못하는 것을 잘하는 사람을 멋있게 생각한다. 그림이 그렇다. 보고 있으면 많은 생각을 할 수 있어 좋다. 음악이 내 감정을 짚어낸다면, 그림은 내 생각을 짚어 낸다. 그래서 좋다. 마지막으로 꽃을 좋아한다. 너에게 꽃다발을 안겨줄 때 행복했다. 너를 웃게 만드는 꽃을 주는 사람이 나였기 때문에 행복했던 거 같다. 세상을 다 가진 기분이었다.

힘들수록 좋아하는 것을 하라

술을 좋아하지는 않지만 와인을 마시는 것은 좋아하는 편이다. 심각하게 떫은 레드 와인을 특별히 좋아한다. 그렇다고 와인을 잘 알거나 좋은 와인을 마시는 것은 아니다. 대학 때는 편의점에서 싸구려 와인 한 병을 사서 가방에 넣고 한강공원 등지에서 햇볕과 함께 마시곤 했다. 누워서 하늘을 보며 마시는 와인 한 모금이 그렇게 좋았던 거 같다.

집에서는 술을 마시지 않기 때문에 여행을 간다거나 하면 꼭 와인을 챙긴다. 선물을 해야 할 일이 있으면 와인을 선물하는 것을 좋아하기도 한다.

내가 와인을 좋아하는 이유는 아마도 분위기 때문일 것이다. 소주를 마시면 나 스스로가 무슨 일이 있는 것 같은 기분을 느끼는데, 와인을 마시면 뭔가 그래도 괜찮게 살고 있구나 같은 마음이 든다. 그런 와인을 슬픔에 푹 빠진 후로는 마시지 않았다. 그 좋아하는 와인 대신에 소주만 퍼마셨으니, 술은 그저 취하기 위한 수단이 되었다. 그러다가 다시 와인을 마시기 시작했고, 그때부터 마음이 조금 나아졌다.

여기서 알게 된 것은 좋아하는 것은 힘들 때도 할 수 있어야 한다는 것이다. 좋아하는 것이 결국 지친 삶을 일으킨다. '이 상황에 내가 어떻게 좋아하는 것을 하겠어'라는 생각을 할 것이 아니라. 힘들 때일수록 좋아하는 것을 하기를 바란다.

*

행복의 의미

아주 잠깐 행복할 뻔했으나
아주 오래 슬프게 되었다

행복은 보여지는 것만큼 쉬운 감정은 아니다. 내가 살아온 인생에는 잠깐의 시절에 아주 큰 행복이 다녀간 적이 있는데, 나는 그 시절을 살아온 것을 내 전부라 생각하며 살고 있다.

많은 사람들이 "넌 참 행복한 사람이야. 행복했겠다. 부럽다." 등의 말을 쉽게 내게 뱉어낸다. 어떤 말을 다해도 표현할 수 없을 만큼의 행복이었던 건 사실이다. 하지만 그 행복은 안타깝게도 시련이 함께했다. 그것은 내 선택이었지만, 내가 만든 결과는 아니었다. 그것을 인정하는 데 오랜 시간이 걸렸지만, 솔직히 지금도 모든 것을 인정하지는 않았다.

행복이란 가치는 자신이 설정한 기준에 따라 다르다. 세상에 행복한 사람은 많다. 하지만 행복하기만 한 사람은 많지 않다. 내 생각으로는 그런 사람은 아마도 세상에 없을 것이다. 행복은 단순해 보이지만, 꽤 모호하고 복잡한 감정이다. 정해진 답이 없는 것들이 보통 그렇다. 그렇기 때문에 사람들은 답을 찾기보다는 답에 가까워지기 위한 노력을 한다. 그리고 그 노력이 결국 문제를 일으킨다. 노력이라는 것은 변화다. 변화는 곧 안정감을 깨뜨린다. 행복을 위한 길은 몸 밖으로 드러나는 행동의 변화가 아니라 몸 안에 감춰진 마음의 변화라는 것을 알았으면 좋겠다.

프리지어

프리지어 한 다발을 사기 위해 한 시간을 찾아다녔다. 마침내 어렵사리 봄처럼 샛노란 프리지어를 품에 들었다. 이때 기분이 어땠냐고 묻는다면, 한 치의 망설임도 없이 나는 꽃을 받아 든 너의 표정을 생각하면 세상에서 내가 제일 행복했을 거라고 말하겠다. 그리고 너는 내가 생각했던 그대로의 표정을 보여줬다. 행복했다. 이 모든 것이 영원할 것만 같았다. 한데 그 기억은 이제 내게 가장 큰 슬픔 중에 하나가 되었다.

꽃집을 지나칠 때마다 눈물이 났다. 길을 걷다가 눈

에 프리지어가 들어올 때면 무작정 꽃다발을 사 들고 나왔다. 그리고 시간이 더 지나서는 꽃 한 다발 사지 못하는 사람이 되었다.

누구에게나 행복했던 순간이 있을 것이다. 정말 커다란 슬픔은 행복에서 온다. 지금의 슬픔이 커다란 것은 그만큼 행복이 컸다는 증거이기도 하다. 그 기억에서 슬픔을 떼어놓기는 분명 쉽지 않을 것이다. 잠깐의 행복과 오랜 슬픔이 올 것이다. 그래도 행복했던 기억에 대한 잠깐의 행복에 스스로 위로받기를 바란다.

흔들리지 않고 살아가는 법

꽃은 예쁘거나 혹은 아름답거나 하는 상징적인 의미를 갖고 있다. 꽃은 아름답고 예쁘고 보는 것만으로도 기분 좋게 한다. 이별 후 찾아온 첫 번째 봄이었다. 그때 핀 꽃을 보고 꽃이 예쁜 것이 아니었다는 것을 알게 되었다. 꽃은 슬퍼 보였고 외로워 보였다. 내가 슬프고 내가 외로웠기 때문이다. 꽃의 의미를 결정하는 것은 피어 있는 꽃이 아니라, 그것을 바라보고 있는 나였던 것이다.

세상에는 꽃과 같은 것이 많다. 모두가 그렇게 정해 놓고 생각하지만, 실상 지금의 나한테는 그렇게 생각되지 않는 것들. 겨울에는 눈이 그랬고, 봄에는 꽃이 그랬고, 여름에는 바다가 그랬고, 가을에는 단풍잎이 그랬다. 인간은 생각하는 동물이다. 생각을 입력이라고 말할 수 있지만, 감각적인 부분에 있어서는 감정이 입력이고 생각은 출력이다. 그리고 생각이 출력의 자리에 오면 기억이라는 변수가 끼어들게 된다. 우리는 그래서 슬프고 기쁘고 행복한 것이다. 어떤 감정을 느끼든 대상에 대해서는 있는 그대로를 받아들였으면 좋겠다. 특별히 의미를 부여하지도, 그 자리에 오래 머물지도 않았으면 좋겠다. 그것이 우리가 크게 흔들리지 않고 살아가는 방법이었으면 좋겠다.

눈물이 약함의 잣대는 아니다

내 감정임을 속인 채로 눈물 또한 감추려고만 했다.
솟아오르는 눈물의 감정을 나는 모르는 척했다.
부끄러웠기 때문이 아니라.
눈물이 진짜임을 들키기 싫었기 때문이다.

어렸을 때 사진을 보면 해맑게 웃고 있는 내가 많다. 언제부터 눈물이 많았는지는 정확히 모르겠다. 정확한 시점은 모르겠지만 내 기억 속의 나는 웃음에 야박한 사람이다. 그리고 눈물에는 관대하다. 눈물이 많고 마음이 여리다고 해서 내가 유약한 사람이라고 생각해 본 적은 단 한 번도 없다. 나는 강한 사람이다. 눈물은 강하고 약하고의 문제가 아닌 거 같다.

나는 그 모든 감정을 그대로 다 느끼면서도
이렇게 살고 있으니,
잊은 사람이 강한 것이 아니라,

잊지 않은 사람이
더 강한 것이 아닌가 하는 생각을 한다.

“너는 원래 남의 말을 잘 안 듣는구나?”

차갑고 이성적인 사람, 따뜻하고 감성적인 사람
둘 중 하나는 가짜예요.
두 사람이 같은 사람일 리 없어요.
어떤 것이 진짜 당신의 모습일까요? 모르겠어요, 나도.
그런데 친구들이랑 있을 때는 아이처럼 즐거워요.

나는 평상시의 모습과 친구들과 있을 때의 모습이 많이 다르다. 평소에는 내 말을 하기보다는 다른 사람의 이야기를 주로 듣는 편이다. 내 이야기를 하고 싶지 않은 것과 듣는 게 편하다는 게 그 이유다. 그런 나도 가장 친한 친구들을 만나면 사람이 달라진다. 평소에는 하지도 않는 욕도 하고 세상 즐거운 듯이 장난도 친다.

언젠가 친구와 중요한 이야기를 하는 자리가 있었다. 이야기 마지막에 친구가 내게 그런 이야기를 했다.

"넌 원래 네 얘기만 하고 남의 말을 잘 안 듣잖아, 좀 들어라 말 좀."

충격이었다. 내가 다른 사람이 하는 이야기를 잘 듣지 않는다고는 생각해 본 적이 없었기 때문이다.

집에 와서 친구들과 그동안 했던 문자 메시지를 돌려보았다. 또 한 번의 충격을 받았다. 내가 모르고 지나친 질문이 꽤 많았다. 물음에 대한 대답을 듣기보다는 그다음 질문을 던지고 있었기 때문이다. 아마도 나는 대답을 듣고 싶었던 것이 아니라, 내가 하고 싶은 말을 하고 싶었던 모양이다.

이어서 친구들이 아닌 보통의 관계의 사람들과의 메

시지를 보았다. 이것은 마치 다른 사람이 보낸 메시지 같았다. 친구들의 마음이 이해가 됐다. 완전히 나를 놓는 것도 친구들에게 실례가 될 수 있다는 생각이 들었다. 그리고 나는 말을 아끼기 시작했다. 인간은 무언가를 깨닫게 되면 움츠러들 때가 있다. 그때부터 내가 친구들과의 만남을 줄이기 시작했으니, 그 결과가 긍정적이었는지는 솔직히 모르겠다.

의미 없이 적당한 대화

잘 지내냐는 질문을 받았을 때
딱히 할 말이 없어서 "뭐 그냥 그렇지." 정도의
대답이 나온다면 잘 지내는 듯하다.

솔직하게 말하면, 잘 지내냐는 연락도 받아본 지 오래되었다. 내게 그런 안부를 묻는 사람은 분기에 한 번 정도 일 때문에 만나게 되는 사람이 내게 전부였다. "잘 지내시죠?"라는 인사는 결국 "오랜만입니다." 정도의 의미로 날아든다. 내게 이런 식의 안부를 묻는 사람들에게 내 개인적인 사정을 말할 리는 없다. 감정 상태를 드러내는 일도 없다. 괜찮아 보이고 싶다는 생각도 없지만, 슬퍼 보이고 싶은 생각도 없다. 그냥 아무것도 보여주기가 싫었다.

적당한 표정, 적당한 대답, 적당한 주고받음만으로도 사회생활을 영유하는데 큰 문제가 생긴 적이 없다. 그러니 힘들어할 필요도 없지만, 억지로 괜찮은 척할 필요도 없었다. 모든 일에 적당한 선을 그을 줄만 안다면, 감정을 무리해서 억누르지 않고도 얼마든지 잘 지낼 수 있다는 말이다.

포기하니 행복이 찾아왔다

언젠가부터는 마주치지 않기를 바랐다. 생각해둔 말도 모두 지웠다. 우연으로는 마주칠 수 없다는 것을 알게 됐다. 생각해 보면 우리는 단 한 번도 우연히 마주한 적이 없었다. 마음을 내려놓기 시작한다. 또 한 번 되돌아본다. 행복했었던 추억과 기억이 되어 가고 있는 슬픔에 대해서.

희망 없는 희망은 언제나 서글픔을 동반한다. 인간은 희망이 줄어들면, 그것으로 인해 느끼게 되는 좌절만큼의 슬픔을 빼앗기기도 한다. 결코 닿을 수 없는 밤하늘의 별이 한사코 슬프지 않은 이유는 절대로 가질 수 없는 것이기 때문이다. 희망을 내려놓는다. 괜스레 추억이 다시 행복해지려고 한다.

*

슬픔의 역할

몇 살인가요?
당신은 지금이 가장 슬플 나이네요.

SNS 메시지의 내용은 다양한 듯 하지만 따지고 보면 대게 비슷하다.

"저는 이별해서 슬퍼요. 헤어진 사람이 보고 싶어 슬퍼요. 학교 공부 때문에 사는 게 슬퍼요. 부모님 건강 때문에 슬퍼요. 애인이 바람이 나서 슬퍼요. 직장 문제로 너무 슬퍼요."

슬퍼요, 슬퍼요, 슬퍼요. 나이는 모두 다르지만 슬프기는 마찬가지이다. 분명한 것은 슬프지 않은 나이는 없다는 것이다. 여기서 중요한 것은 슬픔의 유무가 아니라, 어떤 슬픔을 느끼고 있느냐이다. 나와 비슷한 연령대의 사람들이 공통적으로 느끼는 슬픔이라면 그 슬픔은 슬픔으로써의 역할을 긍정적으로 하고 있는 것이다. 나만 슬프다는 생각은 반드시 버려야 한다. 사람마다 성격이 다르고 사는 것이 다르고 표현하는 방법이 다르기 때문에 인지하지 못하는 것이지, 대부분의 사람은 슬프다. 그럼에도 불구하고 사람들이 웃고 지낼 수 있는 것은 슬프기만 한 것이 아니기 때문이다. 우리는 항상 가장 슬플 나이로 살고 있는 것이다. 하지만 반대로 가장 행복할 나이이기도 하다. 그러니까 슬픔을 크게 신경 쓰지 않았으면 좋겠다.

내 삶을 지탱해주는 사람들

지옥 같은 시간을 5년쯤 보내던 어느 날이었다. 출근길 버스가 동호대교를 건너고 있었다. 유리창을 뚫고 쏟아지는 햇살과 함께 오늘은 정말 죽을 수도 있다는 생각이 들었다. 처음이었다.

나는 누구에게도 내 감정을 표현하지 않는다. 그것은 가족에게도 마찬가지였다. 3년 전에 만신창이가 되어 쓰러졌을 때가 생각이 났다. 그 일을 반복하고 싶지 않았다. 부모님께 문자를 보냈다.

“나 이제 혼자 사는 거 그만하고 싶어, 나 좀 제발 도와줘.”

전화가 미친 듯이 울렸다. 일찍 퇴근하여 어머니와 마주 앉았다. 모든 것을 털어놓았다. 그리고 다음 날 새벽, 유학 중인 동생에게서 내 평생에 가장 긴 메시지를 받았다. 얼마나 많은 눈물을 흘렸는지 모르겠다.

나는 살면서 가족에게 의지해야겠다는 생각을 해 본 적이 없다. 바르게 자라야 했고, 욕심도 부리면 안 된다고 생각했다. 그런 가족이 마지막 순간에 내가 감정을 토해낼 수 있는 유일한 대상이 되었다. 나는 늘 말한다. 사람을 믿지 말고, 친구를 믿지 말라고. 하지만 가족에게는 의지했으면 좋겠다. 그런 가족이 있다면 말이다. 해결이 되지 않아도 털어놓는 것만으로도 세상에 내 편이 생기는 것이다. 그것은 결코 가벼운 일이 아니다. 당신의 삶을 더 나아지게 만들지는 못할지 몰라도. 적어도 무너지는 삶은 지탱해 줄 것이다.

인생은 반복된다

같은 실수를 반복할 때가 있었다. 실수였다.
잘못이라 하기에는
내가 못할 리 없는 것이었기 때문이다.
실수라 했다. 실수이어야 했다.
결국 엄청난 실수를 하게 된다.
실수가 아님을 이제는 인정해야 한다.

살아온 날이 쌓여가는 것을 통해 알게 되는 것이 있다.

'인생은 반복된다.'

좌절하게 되는 순간에는 늘 비슷한 생각을 하곤 했다. 결국에는 또 이렇게 되는구나. 이건 지극히 개인적인 변명일지도 모른다. 그런데 그것이 변명이든 뭐든 중요하지 않다. 내 삶이 반복되고 있는 것 같다는 느낌을 내가 느꼈다는 것이 중요한 것이다. 최선을 다했으면 후회는 없다고? 후회는 오히려 최선을 다했을 경우에 더 크게 남는다. 후회가 없다는 것은 자신의 한계를 인정해야 하기 때문이다.

인간은 나이가 들수록 좋아하는 것에서 잘하는 것으로 눈을 돌려 가까이하게 되어 있다. 그리고 그 분야에서 자신의 능력의 부족함을 인정하는 것은 꽤 어려운 일이다. 한계를 인정하면 그동안의 내 모든 것이 날아가버리는 것 같은 기분이 들기 때문이다. 쌓아온 역사가 사라지는 것이다.

인생은 반복되는 게 맞다. 하지만 부정적인 부분만 반복되는 것은 아니다. 인간은 어려운 순간에 무언가를 끄집어내는 본능이 있기 때문이다.

생각해본다. 어떤 좋은 일들이 내게 반복되고 있었는지.

감정 조절이 안 되는 이유

무언가를 잘 다루기 위해서는 그 대상이 무엇인지 정확히 아는 것이 중요하다. 장미꽃을 그저 바라보는 사람과 손으로 꺾는 사람의 차이도 줄기에 박힌 가시에 대한 앎과 모름의 차이다. 날카로운 물건을 만지면서 맨손으로 그것을 다루는 것은 위태롭기 마련이다.

감정은 비록 형태가 없다지만 형태가 없다고 하여 특징이 없는 것은 아니다. 내가 느끼는 지금의 감정이 무엇인지 아는 것이 먼저다. 조절은 그다음의 문제다. 우울함을 느끼는 사람의 대부분은 불안감을 우울함으로 착각한다. 때로는 힘든 현실을 슬픔으로 몰아넣기도 한다. 내가 느끼는 감정이 정확히 무엇인지도 모르는 채 사람들은 그 감정의 소용돌이에 자신을 처박는다. 감정 조절이 잘 안 되는 이유는 결국 내 감정을 정확히 모르기 때문이다.

그리움과 외로움을 혼동하는 사람도 많다. 그리움은 정확한 대상이 있다. 하지만 외로움은 반드시 대상이 있는 것은 아니다. 누군가 보고 싶어서 요즘 너무 외롭다는 말은 말의 앞뒤가 맞지 않다. 감정이 극한을 달렸어도 무너지지 않았던 이유는 나는 감정을 명확하게 구분했기 때문이다. 내가 구분한 감정이 정답일 리는 없다. 하지만 나는 감정의 구분을 정확한 선으로 나눴다. 이것은 그리움, 이것은 외로움, 이것은 힘듦. 그제야 나는 내가 이상하지 않다는 것을 마음으로 받아들였다. 솟아오르는 감정의 총체적인 난국이 아니라 오늘은 그립구나, 오늘은 외롭구나, 오늘은 좀 힘들구나. 이렇게 감정을 명확하게 알게 되면 전부 괜찮지는 않지만 그래도 괜찮다는 위로가 생긴다. 충분히 견뎌낼 수 있는 시간이 된다는 것이다.

죽고 싶다는 사람과,
살고 싶다는 사람의 메시지

죽고 싶다는 메시지와 살고 싶다는 메시지가 있다. 두 메시지는 비슷해 보이지만 그 의도가 너무나도 명확하게 다르다.

죽고 싶다는 사람의 말투는 무례하다. 마치 내게 위로를 맡겨 놓은 듯한 말투로 '나 이만큼 힘드니까 무슨 말이라도 해봐'하고 소리치는 듯하다. 하여 학생을 제외한 죽고 싶다는 사람의 메시지에는 절대 답을 주지 않는다.

반면에 살고 싶다는 사람의 메시지는 간절하다. 그들은 반드시 힘든 이유를 먼저 이야기한다. 길고 정성스럽게 말이다. 나는 그 긴 글에서 그들의 아픔을 본다. 답장을 안 할 수가 없게 만든다. 도와주고 싶었다. 전해주고 싶었다. 나도 같은 마음이었었다고.

슬픔을 받아들일 차례

"작가님, 지난주에 아버지를 보내드렸습니다. 더는 슬픔을 주체할 수가 없습니다. 왜 저는 슬픈 일만 생기는 걸까요."

"지금 느끼고 계신 슬픔보다 더 큰 슬픔이 남아 있을까요?"

"아니요."

"그렇다면 이제 슬픔을 받아들일 차례입니다."

사랑할 때는
행복해 보였는데

지금 보는
사진 속의 너는

왜 그렇게 다
슬퍼 보이는지
지금에야
너의 표정이 보인다

내게 주는 선물

오랜만이다. 눈에 무언가 들어온 것이. 그리고 그것을 사고 싶다는 생각이 든 것은 더욱 오랜만이다. 한참을 쳐다봤다. 내가 그토록 정성을 쏟아 시선을 둔 것은 크리스마스 캐럴이 담긴 고작 삼만 육천 원짜리 오르골이었다. 나는 결국 그것을 집에 가져왔다. 얼마 만에 무언가를 사본 것인지 모르겠다. 내 방에 새로운 것이 생긴 것이다. 퇴근 후에 집에 돌아와 방문을 열면 외로움에 그대로 쓰러지던 것이 반짝이는 오르골에 반가운 마음이 녹아든다. 나는 정말 외로웠던 모양이다. 그리고 한 달 후에 나는 밝은 갈색 털의 강아지와 하얀 얼굴의 여자가 함께 서 있는 그림을 샀다. 나 스스로에게 선물을 하기 시작했다.

마침내 시간이 움직이는 것 같다.

되게 좋은 사람 같은데, 되게 나쁜 사람

좋은 사람처럼 보이는 사람의 절반은 나쁜 사람이었다. 그들은 보통의 사람도 아니었다. 오직 자신을 위한 꾸밈이었다. 마음으로 위하는 것 같았으나, 마음을 이용한 것이었다. 남의 아픔을 이용하여 무언가를 해보려는 사람들이었다. 글을 쓰는 사람이 되고 나서는 함께 일해보자는 연락을 많이 받는데, 그들은 항상 웃으며 다가와 언짢은 듯 사라진다. 나한테서 얻을 것이 없어서가 아니라, 속마음을 들켰기 때문이다. 미안하다는 한마디면 충분히 이해하고 넘어갔을 일을 평생을 스스로 나쁜 놈이 되어 사라진다. 누군가의 기억에 평생 나쁜 놈으로 남는다는 것은 참으로 안타까운 일인데 말이다. 안쓰럽다.

타인이 실망스러우면 좀 어때

과정에 맞는 최선의 결과를 내지 못했을 때마다 걱정이 한 가득이었다. 나로 인해 누군가가 실망하는 눈을 보는 것이 두려웠다. 죽고 싶게 만드는 눈빛이었다. 내가 자라면서 사고 한 번 치지 않은 것은 이런 이유도 꽤 크다. 나에게 실망하는 것이 두려웠다. 그냥 한 번 혼나면 되는 것인데, 왜 그렇게 세상의 모든 짐을 혼자 둘러맨 것 마냥 문을 열지 못했는지 모르겠다.

잘못을 했으면 혼나면 된다. 까짓것 실망 좀 시킨다고 세상이 끝나지는 않는다. 그걸 나는 너무 늦게 알아버렸다. 완벽하지 않은 사람이 완벽해지려고 하니 탈이 날 수밖에 없는 인생이었다.

괜찮아, 모든 것이 다 해피엔딩일 수는 없잖아

보기 좋은 삶이 아니라
살기 좋은 삶을 살고 싶다.

울고 웃는 것은 인생에서 굉장히 중요한 부분이며, 한 명이 웃으면 다른 편의 사람들은 울게 되는 것은 당연한 이치다. 모두가 동시에 행복할 수는 없다는 말이다. 하지만 나는 이 행복에 차례는 있을 수 있다고 생각한다. 모두가 동시에 행복할 수는 없지만, 모두가 가끔은 행복할 수 있다고 생각한다.

다가올 행복이 여전히 내 것이 아니어도 상관없다. 하지만 더 이상 행복을 양보하는 것은 싫다. 나는 행복을 바라는 것이 아니라, 불행을 밀어내려는 것이다. 행복하지 않은 사람이 불행한 것이 아니라, 행복을 바라지 않는 사람이 불행하다는 것을 깨달았다. 남들 보기 좋은 삶이 아니라, 내가 살기 좋은 삶을 살고 싶어졌다. 요즘은 어떤 악기를 배울지 고민하고 있다. 행복하지 않아도 상관없다. 그저 내 삶이 불행하지는 않기를 바랄 뿐이다.

*

여행이 주는 위로

몇 년을 버티던 것이 끝내 무너지려던 순간이었다. 갑자기 바다를 보고 싶다는 생각이 들었다. 바다를 보고 싶다는 생각을 가끔 했었지만, 가지 못했던 이유는 돌아오지 못할 것 같다는 불안감 때문이었다. 큰마음을 먹고 무작정 강릉으로 떠났다. 혼자서 바다를 찾은 것은 살면서 처음 있는 일이었다. 평일의 강릉은 아주 조용했다. 기차에서 내려 버스를 타고 강문해변으로 갔다. 버스에서 내려 20여 분을 걸었는데, 걷는 동안 마음이 너무 편했다. 주변 건물들이 낮아서 하늘이 훤히 보이는 것이 좋았다. 아직 보이지도 않는 바다가 하늘에 겹쳐 보이는 듯했다. 멀리서 봐도 저 하늘 아래에는 바다가 있을 것만 같았다. 바다가 가까워질수록 가슴이 두근거렸다. 바다 냄새가 나고 파도 소리가 들린다. 뭔가 살고 싶다는 생각이 온몸으로 퍼져 들어오는 듯한 기분이었다. 미동도 없던 마음이 흔들린다. 자리에 앉아 1시간을 멍하니 바다를 바라봤다. 반듯한 수평선에서 위로를 받기도 했고, 다가오는 파도에서 외로움을 씻기도 했다. 부서지는 파도를 계속 보고 있으니 그런 생각이 들었다. 저 파도는 몇 겹이나 될까. 시선이 먼 바다로 향한다.

슬퍼 보이지 않는 사람이 죽는다

마지막으로 쓰인 수식어는 '꽃다운 나이였다.'
그는 정말 꽃처럼 살다 갔다.

꽃은 외로운 존재다. 잠깐 피어오르고 순식간에 떨어지며 오랜 시간 외면당한다. 시절의 구분이 명확한 만큼 이미 그어진 경계를 무너뜨리기 힘들었을 것이다. 그리고 그것을 반복했을 것이다. 내가 알아 온 그 사람은 슬퍼 보이지 않던 사람이었다. 늘 밝았던 사람이었고, 밝은 에너지를 나눠주는 사람이었다. 그래서 더욱 마음이 아프다.

슬퍼 보이는 사람은 결코 순식간에 죽지 않는다. 슬픔이 그 증거이다. 슬픔은 살려달라는 자기보호의 본능적인 표현일지도 모른다. 전해져 오는 부고들은 항상 슬퍼 보이지 않던 사람들의 소식이다. 그들은 멀리서 보면 순식간에 죽는다. 하지만 그들의 삶에서는 지독하게 오랜 시간이었을 것이다. '죽을 마음으로 살지 그랬냐'는 말을 하는 사람들은 이미 떠난 사람을 위로할 자격이 없다. 외로웠을 것이다. 무서웠을 것이다. 이 거대한 세상에 혼자였을 것이다.

내 세상은 사람의 수로 채우는 것이 아니다. 무엇으로 그것을 채우느냐가 중요했을 텐데, 결국 쓸쓸함으로 채워졌을 것이다. 말 한마디 나눌 수 있을 사람이 필요했을 것이다. 마음 편히 속에 있는 이야기를 털어놓을 사람만 있었어도 죽음은 선택지에 없었을지도 모른다. 누군가의 답안지에 모든 사람에게는 오답인 것이 그 누군가에게는 답으로 적히기도 한다. 몰랐던 사람에게는 무관심의 책임이 있고, 알았던 사람에게는 방관의 책임이 있다.

많은 사람들이 죽음을 탄원한다. 내가 그들에게 돌려주는 말은 언제나 똑같다.

"그래도 살자, 일단은 살아 보자."

극복하려 발버둥 치지 말고 그저 그대로 머물러 보자. 죽어야 할 이유가 아무리 많아도 살아야 할 이유 한 가지면 그래도 살아진다. 그것마저 못 찾겠으면 죽으면 할 수 없는 것들을 미친 듯이 떠올려야 한다. 나는 그렇게 산다. 내가 죽으면 다시는 너를 볼 수 없다. 그것만으로도 살아지더라.

*

내가 괜찮아지는 법

특별한 일이 없으면 한강 변을 따라 매일 3~4km의 거리를 달린다. 나에게 달리기는 육체적인 건강을 위한 운동이 아닌 정신적인 건강을 위한 행위이다. 극복을 위한 도구라고 하면 좋을까. 처음에 한강을 달리기 시작했던 이유는 단순히 숨을 쉬고 싶었기 때문이다. 또한, 달릴 때만큼은 잡생각이 들지 않아 좋았다. 잡생각을 할 겨를이 없었다고 보는 게 사실 더 맞겠다.

무언가 지금의 망가진 삶을 변화시키기 위해 천지를 개벽할 엄청난 도전이 필요했는데 그게 달리기였다. 나는 내가 제일 못하고 제일 힘들어하는 달리기를 꾸준히 해보기로 자신과 약속을 한 것이다. 이것만 해내면 뭐든 해낼 수 있을 것만 같았다. 남들처럼 먼 거리를 뛰지는 못해도 마지막 200m는 늘 전력을 다해 질주했다. 그렇게 도착 지점에 죽을 듯이 도착해서는 백이면 백 대자로 드러누웠다. 숨 한 번 쉬는 것이 그렇게 힘들었다. 아무 생각도 나지 않았다. 그저 숨 쉬는 것에만 집중해야 했다. 폐에 구멍이 난 듯한 호흡과 하늘에 짓눌린 얼굴 위로 누군가 산소를 걷어내는 듯한 착각. 온전히 숨을 쉬기 위해 모든 힘을 쏟아부었다. 그렇게 거리를 늘려갔다.

달림으로써 느끼는 힘듦은 거리에 따라 달라지지 않았다. 힘듦을 결정짓는 것은 내가 마지막 질주를 얼마나 열심히 하였나였고, 그것에 따라 최후의 호흡도 달라졌다. 나는 정말 열심히 달렸다. 그로부터 간절하게 마셨던 산소의 소중함도 느꼈다. 잡생각은 여전히 많다. 하지만 달리는 시간만큼은 그것에서 해방되었고, 나름의 재충전을 할 수 있었다. 무엇보다도 달리는 거리가 늘어

나는 것과 점차 마음이 편안해지는 것에서 어쩌면 괜찮아지고 있다는 위안을 느끼곤 했다.

환경이 나를 바꾼다

군 복무를 했을 때의 이야기다. 내가 복무한 곳은 현역 운동선수부터 체대생까지 운동신경이 엄청난 사람들이 모여 있는 곳이었다. 이곳에서 군 생활을 하면서 살며 처음으로 알게 된 것이 있다. 나라는 사람이 내가 생각한 만큼의 그 정도로 대단한 것은 아니었구나. 세상에는 정말 엄청난 사람이 많구나. 나는 이 집단에서 딱 중간 정도였던 거 같다. 다른 활동이야 무리가 없었지만, 매달 측정하는 1.5km 달리기는 고역이었다. 매일 뛰는 구보 또한 죽을 맛이었다. 정말 죽을 것 같았던 순간이 많았다. 그럼에도 낙오하는 것은 자존심이 허락하지 않았다. 구토를 하면서 달리는 동료들도 많았다. 바로 뒤에서 선임이 밀고 달려오니 뒤로 처질 수도 없는 환경이었다. 그런 혹독한 시간을 견디며 일병이 되었다. 그리고 그제야 조금 달릴만해 졌다.

환경은 그만큼 중요하다. 나는 대단한 사람들 틈에서 죽기 살기로 달렸고, 내 페이스에 맞춰 뛴 적은 한 번도 없었다. 그들의 페이스에 따라서 오랜 시간을 반복하다 보니 그것이 내 페이스가 되었다. 나는 이제 정말 잘 달리게 된 것이다.

혼자서 변화를 꿈꾸는 사람이 많다. 무엇을 잘하고 싶은데 어떻게 해야 할지 모르겠다는 사람도 많다. 내가 잘하고 싶은 것이 있다면, 이미 그것을 잘하고 있는 집단에 나를 던지면 된다. 성공과 실패는 그 다음의 문제일 뿐이다.

모두가 똑같은 자존감

언젠가부터 자존감이라는 것이 개인의 삶의 정도를 평가하는 척도가 되어버린 듯하다. 나는 그것이 무엇이든 획일화시키는 것을 정말 싫어한다. 그래서 자존감에 대해서도 특별히 생각을 두지는 않고 살았다. 물론, 나 역시 자존감에 대한 이야기는 많이 들었지만 말이다.

자존감이란 자신에 대한 존엄성을 나 스스로에 대해 내부적으로 평가하고 가치를 받아들이는 정도를 말하는 것인데, 자존감이 높다 낮다로 표현하는 것부터 마음에 안 들었다.

“저 사람은 자존감이 높은데 저는 자존감이 너무 낮아요.”

모두가 다른 삶을 사는데 절대적인 평가를 하고, 그 절대적인 평가의 결과로 다시 상대적인 평가를 한다. 명확한 수치가 나와 있는 것도 아닌데 비교라니.

자존감을 높이는 방법에 대한 질문을 받으면 이렇게 답하곤 한다.

“자존감을 높이는 방법은 잘 모르겠습니다. 하지만 내 마음을 괜찮게 하는 방법은 압니다. 내가 오르지 못한다면, 다른 사람을 끌어내리세요. 다른 사람을 폄하하고 비하하라는 말이 아닙니다. 저 사람은 잘하는데 나는 못 해요. 이런 사고를 바꾸라는 말입니다. 살아보니 눈에 보이는 완벽한 사람의 대부분은 완벽하지 않습니다. 그저 내가 부족하니 그 부분이 돋보이는 것이지요. 완벽한 사람 또한 부족한 것이 많습니다. 그렇게 생각하세요. 저 사람도 부족한 것이 있을 거야. 나만 못하는 게 아니야. 단, 이런 사고만 가져서는 안 됩니다. 더 나아지겠다는 생각과 행동이 반드시 동반되어야 합니다. 이런 생각과 행동이 따르지 않는다면 그것은 결국 도태되는 일입니다. 내 자존감을 올리려거든 나를 끌어올리려 하지 말고 다른 사람을 끌어내리세요."

*

나를 혼자만의 세상에 가두지 마라

밀도가 높아지면 깨지거나 폭발하는 것은 당연한 일이다. 원자, 분자, 소립자처럼 눈으로 확인할 수 없는 아주 작은 단위의 것들조차 자연에서 밀도를 두고 다투고 있으며, 특별한 하나의 것으로 밀도가 가득 찬다면 자연은 지속되지 못할 것이다. 인간의 감정도 똑같다. 밀도의 조절이 필요하다. 하나의 감정으로 가득 차 커버린 밀도는 결국 폭발하게 된다.

날마다 슬펐다. 하루도 슬프지 않은 날이 없었다. 하지만 나는 한 번도 폭발한 적이 없다. 날마다 슬펐으나,

주기적으로 주가 되는 감정을 바꾸기 위해 애썼기 때문이다. 내 삶에는 감정의 주기가 있다. 슬픔, 그리움, 외로움, 힘듦, 보고 싶음 그리고 다시 슬픔. 내가 느끼는 감정은 마치 여러 해의 계절 같았다. 변화를 느끼지 못한다는 것은 무언가에 고착되었다는 뜻이다. 변화를 느끼지 못한다는 것은 위험하다는 신호이다. 어떤 주기로 내가 느끼는 것이 다르다면, 걱정할 필요가 없다. 나는 잘 버티고 있는 것이다. 다만, 아무것도 느끼지 못하는 공허의 상태라면 그때는 나에게 도움이 필요한 순간이다. 꽃을 보러 다녀야 하고, 우산 대신 우비를 입고 외출도 해봐야 하고, 떨어지는 낙엽을 발등으로 잡아도 보고, 첫눈도 기어코 맞아봐야 한다. 더는 집에 혼자 머물러서는 안 된다는 뜻이다. 슬퍼도, 그리워도, 외로워도 사람들 많은 곳에 섞여야 한다. 나한테는 그런 곳이 시끌벅적한 카페였고, 도심 한복판의 서점이었다. 평소와 다른 것을 본다는 것만으로도 내가 아직 살아있다는 것을 느낄 수 있었다.

웃는 연습

아무리 괴로워해도 괴로움이 풀리지 않는다.
생전 해본 적 없던 웃는 연습을 한다.

웃는 내 얼굴의 모습이 마음에 들지 않았다. 작은 콤플렉스였다. 그래서 자연스럽게 잘 웃지 않았던 것 같다. 웃더라도 손으로 입을 가렸기 때문에 사진을 보면 잘 웃지도 않고 입을 꾹 다물고 있었다.

나는 눈으로 웃는다. 거울에 비친 표정 없는 내 얼굴에 무서움을 느낀 후로는 억지로라도 웃기 위해 애를 썼다. 어쨌든 나도 사회생활을 하는 사람이기에 나를 상대하는 사람에게 불편함을 주고 싶지는 않았다. 이렇듯 나를 위한 것이 아닌 다른 사람을 위한 일에는 잘도 노력하는 편이다.

거울을 보고 웃는 연습을 한다. 입꼬리를 올려보기도 하고, 치아를 다 드러내고 웃어보기도 한다. 영 어색했다. 반복되는 노력에도 불구하고 끝내 자연스러운 웃음을 만들어내지는 못했다. 하지만 변화를 주려고 노력했다는 점에서 스스로 위안을 삼았다. 그리고 또 한 가지, 내 슬픔과 눈물은 억지로 만들어낸 것이 아니라는 사실을 다시 한번 깨달았다.

나는 지금도 마음을 다해 웃지는 않는다. 하지만 괜찮다. 최소한 거짓말 같은 웃음을 들키지는 않고 있으니 말이다. 물론 이 또한 온전히 내 생각일지도 모르지만, 내 마음이 편하니 되었다.

행복해지는 법

눈으로 바라본 것을 적습니다.

손으로 적은 것에 나를 밀어 넣습니다.

마침내 내가, 내가 됩니다.

감정과 감정이 맞부딪힙니다.

눈물로, 때로는 웃음으로 꽃이 피고 비가 내립니다.

그리고 그 모든 적힘에 당신이 있습니다.

그래요, 나는 시를 씁니다.

나도 나를 위로하는 방법이 있습니다

오늘도 참 많이 울었습니다.
그래요, 나는 눈물이 많습니다.
그래서 그게 뭐가 어쨌다는 겁니까.
거기 웃음이 많은 사람이 있듯이
눈물이 많은 사람도 여기 있습니다.

웃을 때마다 기쁜 사람과
울 때마다 슬픈 사람이 있습니다.
나는 그 슬픔을 모두 느꼈습니다.
그것이 내가 지금껏 버텨온 날들입니다.

하지만 괜찮습니다.

슬퍼 흘리는 눈물이었으나, 슬프지만은 않았습니다.

나는 눈물로써 나를 안아줬으니까요.

당신에게 당신은 어떤 위로를 줍니까.

나는 내가 우는 것을 허락했습니다.

그것으로 나는 괜찮았습니다.

나는 내 위로가 정말 마음에 듭니다.

잊으려 애쓸 필요 없다

눈물은 흔적을 남긴다.
울었던 순간은 잊히지가 않는다.
상처가 문제가 아니라 기억이 문제가 된다.
기억을 잊으려다가 흩어져 있는 기억의 점을 잇고 있다.
잊으려 애쓰면 잊힌 기억마저 찾게 된다.
억지스러움은 결국 자연스럽지 못한 결과를 초래한다.
자연스럽지 못하다는 것은
흘러가는 대로 두지 않고 내가 어떤 힘을 더했다는 뜻이다.
발버둥 치면 칠수록 괜찮지 않을 것이다.
잊으려 하는 노력의 모든 것은 잊히지 않을 노력이 된다.
그저 조용히 아주 조용히
다른 소중한 것에 밀려나기를 바랄 수밖에 없다.

왜
내가 좋아하는
사람들은
늘 멀리 있는지
하물며 너는
어디쯤 있는지도
모르겠다

멍 때리기

초점 없는 눈으로 시선이 어느 곳에도 닿지 못하고 허공을 헤맨다. 소위 그것을 멍 때린다고 한다. 중학교 때 같은 반에 유독 자주 멍 때리는 친구가 있었다. 수업 시간에 한 번씩 쳐다보면 어딘가를 보고 있는데 쟤가 지금 뭘 보고 있는 거지? 싶을 정도로 그 느낌이 이상했다. 그 친구는 선생님께 지적도 자주 받았다. 그래서 나는 멍 때리는 것에 대한 인식이 그렇게 바르지 못하다. 영혼을 빼앗기는 일이라고 생각을 했다. 그리고 시간이 흘러 내가 눈의 초점을 잃었을 때는 이렇게 생각했다.

'영혼을 빼앗기는 것이 아니라 이건 영혼의 휴식이었구나.'

그땐 그랬던 것 같다. 하지만 그 터널을 빠져나온 지금은 그렇게 생각하지 않는다. 멍 때리는 것은 영혼의 수명이 줄어드는 일이다. 나를 놓아버리는 일이다. 그때부터 무언가에 시선을 두기 위해 노력했다. 내가 바라보는 것이 무엇인지는 중요하지 않았다. 다만, 반드시 시선이 도착하는 목표물은 있었다.

시선이 머무르는 것은 괜찮다. 그것이 슬픔을 가져다주더라도 괜찮다. 그 사람을 생각나게 만들어 보고 싶어지더라도 괜찮다. 사람을 병들게 하는 것은 특별한 감정이 아니라, 감정이 있고 없음이다. 아무것도 느끼지 못하는 상태가 되었다면, 시선을 바꿔볼 때일지도 모른다. 내가 바라보는 시선의 도착점을 찾기를 바란다. 감정은 가만히 두면 힘을 잃고 계속 쓰다 보면 힘이 더해진다. 그리고 그 힘은 곧 감정의 유연함을 만든다.

부디 어딘가로 계속 벗어나려는 감정을 잘 다독이기를 바란다.

목적지 없는 외출

나는 아무리 짧은 여행을 가더라도 각 시간대별로 목적지를 정하고 이동한다. 이것은 성격이 꼼꼼한 것이 아니라 아마도 안전제일주의자의 불안함일 것이다. 계획이 명확하게 서 있으면 그 시간만 맞추면 되기 때문에 그 계획안에서는 내가 한없이 자유로워진다. 하지만 계획이 없는 자유여행의 경우 한곳에서 오래 머물게 되면 다음 일정이 물거품이 될 위험이 있다.

집에서 간단한 외출을 하더라도 집에서 목적지까지의 교통편, 소요 시간 등을 확인하고 출발한다. 나는 정말 매일 아침 30초 단위로 계획을 세워 움직인다. 이러한 습관에 특별한 에너지를 쏟은 적은 없다. 한 번도 불편하다고 생각한 적이 없기 때문이다. 다른 사람들은 내게 뭘 그렇게까지 하냐며 딴죽을 걸곤 하는데 어쩔 수 없다. 이것은 타고난 성격이라 바뀌지는 않는다. 나도 그것을 알고 있다. 사람은 변하지 않는다는 것을.

하지만 기본적인 습관을 바꾸지는 못해도 한 번씩 일탈은 가능하다. 그것이 내 노력이고 변화의 시작이었다. 일주일에 한 번 목적지 없는 외출을 시작한 것이다. 어느 날에는 무작정 걸어보기도 했고, 어느 날에는 버스를 타고 가본 적 없는 버스 종점을 찍어보고 오기도 했다. 가고 싶었던 곳이 아니라 그저 흘러가는 대로 있으면 이르는 곳에 다다르기도 했다. 아무것도 거리낄 것이 없는 외출이었다. 평온했다. 마음이 하염없이 고요했다. 역풍이 순풍으로 바뀌었다. 그동안 거센 바람을 맞는 것 같던 마음이 바람을 타는 듯한 기분으로 바뀌었다.

한량이 된 기분이었다.

*

열심히 사는 방법

열심히 사는 방법은 간단하다.

열심히 하면 얻게 되는 것을 생각할 것이 아니라
열심히 하지 않으면 잃게 되는 것을 생각하면 된다.
그렇게 하면서 점차 그 순서를 바꿔나가면 된다.
잃게 되는 것에서 얻게 되는 것으로.

얻으려던 것을 얻지 못하면
손해는 있어도 망하지는 않는다.
하지만 내가 이미 가진 것을 빼앗기면 망하게 된다.

사람은 본디 무언가를 쟁취하려는 본능보다

자신의 것을 빼앗기는 것을 지키려는 본능이 강하다.

거센 바람에 나아 갈 수 없을 때는

그저 지금의 위치를 빼앗기지 않고 버티면 된다.

그것이 내가 이 깊은 시련 속에서도

아무것도 내려놓지 않은 이유이다.

잘 살았다고 생각하지는 않으나,

열심히 살았다고 생각한다.

너무 그렇게 미안해할 필요는 없다

글쓰기 수업을 하게 되면서 우울감에 빠져있는 사람들과 대화할 일이 꽤 많았다. 적지 않은 대화를 나누면서 알게 되는 특징이 하나 있다. 그것은 상대방에게 과도하게 미안해한다는 것이다. 별것도 아닌 일인데 세상의 모든 미안함을 다 끌어온 듯한 어조로 미안함을 넘어 죄송함을 표한다. 물론 텍스트로 진행되는 대화이기 때문에 어조라는 것은 그저 내 느낌이고 인상이다. 그들은 뭐가 그렇게 미안할까. 왜 모든 것이 자신의 잘못이라고 생각을 할까. 자존감이 바닥에 있어서? 세상에 쓸모없는 사람이라고 생각해서? 아니다. 그들은 괜찮다는 말을 들어본 적이 없기 때문일지도 모른다. 미안하다는 말에 진심으로 괜찮다는 말을 돌려받아본 적이 없기 때문일지도 모른다. 미안함의 표현이 적당한 괜찮음의 표현으로 돌아오지를 않으니, 그것이 부족한가 싶어 계속해서 미안함을 표하는 것일지도 모른다. 이것은 오롯이 내 넘겨짚음이고 느낌일 뿐이다. 하지만 나는 그들에게 이 말을 꼭 해주고 싶다.

"당신 잘못이 아니니,
너무 그렇게 미안해할 필요는 없다고."
"누구나 하는 잘못이니, 특별한 것도 아니라고."

우울을 바쁜 일상으로 묻어두라

슬픔이나 우울을 느낀다는 사람에게 해주는 말이 있다.

"바쁜 일상으로 그것들을 파묻으세요. 감정을 느끼는 시간을 모두 없애버리세요."

이런 대답이 돌아온다.

"정신없이 할 일을 하면서 우울이 생각나지 않게 하다가, 나중에 한꺼번에 우울이 덮쳐오면 어떡하죠?"

올지 안 올지도 모르는 미정의 내일을 걱정함으로써

충분히 버틸만했던 오늘이, 못 버틸 오늘이 된다.

이렇듯 사람들은 늘 안 좋은 것을 미리 당겨와 쓴다.

좋을 것 같은 일은 설레발이라 부르며 꾸역 밀어내면서 말이다.

"알잖아요, 어차피 내일도 힘들어요. 그냥 그저 오늘을 살면 되는 거예요. 살다가 언제고 쌓인 우울이 폭발하면 그때 다시 대책을 찾으면 돼요.

겁먹지 말아요. 지금의 삶이 존재한다는 것은 당신은 그간의 모든 어려운 일을 끝내 버텨냈다는 것이니까."

올바른 위로법

상처받은 사람들은 자기가 상처받은 것도 몰라서
너무나도 빠르고 쉽게 일어나려고 한다.
치료하지 않아도 상처를 아는 것만으로도
괜찮아질 수 있는데 말이다.

이때 주변의 사람들이 해줄 것은
이래라저래라 식의 일방적인 치료가 아니라
"너 지금 아픈 거 맞아." 하고 말해주는 것이고
알려주는 것이다.
그것만으로도 당신의 역할을 다 한 것이다.

위로는 주고받는 것이 아니라,

주고 가만히 돌아서는 것이다.

그것이 위로에 여백이 필요한 까닭이다.

잡생각에 몸과 마음이 휘청 일 때

"잡생각이 들어서 머릿속이 복잡할 때는
뭘 해야 기분이 나아지나요?"

힘든 거 하세요.
열심히 해야만 하는 것을 하세요.
최선을 다해야만 할 수 있는 것을 하세요.
아이러니하게도 모든 잡생각은 여유에서 옵니다.

인간관계의 처세술

살아가면서 제일 힘든 것 중에 하나가 인간관계이다. 관계라는 것은 더하기도 하고 빼기도 해야 하는 것인데 유지하려고만 하니까 유독 힘이 든다. 물론 유지라는 것이 살기 위해 어쩔 수 없는 것이 대다수이지만 말이다.

사실 정확히 모르는 것은 그게 무엇이든 어렵고 힘들다. 게다가 가장 알 수 없는 것이 사람 마음이니 힘들 수밖에.

살며 확신 없는 사실에 대한 내 반응은 언제나 모험이고 도전이다. 관계는 그런 면에서 늘 어려운 도전이었다.

인간관계에서 조금이라도 마음을 편하게 하는 것은
힘의 중심을 인간에 두느냐 관계에 두느냐이다.
이 사람이 중요하다면, 간단하다.
진심을 다하는 것뿐 다른 방법은 없다.
마음을 다해 마음과 태도와 마주하면 된다.

반대로 그 사람과의 관계가 중요하다면
마음을 배제하면 된다. 기대감을 배제하면 된다.
돌아오는 것을 바라지 않으면 된다.
돌아서면 생각하지 않으면 된다.
마음이 아닌 그저 태도로 마주하면 된다.

나는 퇴근 후에는 절대 회사에서의 일은 생각하지 않는다.
야근을 하면 했지, 집으로 일을 가져오지도 않는다.
회사는 그저 돈을 벌기 위한 가장 큰 수단일 뿐이기 때문이다.
물론 야망이 있다면 말이 달라지겠지만, 나는 아니었다.

힘들 때 하는 생각

힘들 때 어떤 생각에 빠지는 것은 불완전한 현실을 나 스스로 인정하는 꼴이었다. 답을 찾는 것보다는 오답을 지우는 것에 더 열중했기 때문이다. 그것을 알면서도 나는 깊은 생각으로 앞서간 꼬리를 문다. 밤을 지새우는 것은 너무도 잦아 특별한 일도 아니게 되었다. 장고의 시작은 언제나 사방팔방에서 날아드는 선명한 감정 때문이었지만, 마지막으로 거두는 내 생각은 늘 한결같다. 나는 역시 잃게 되는 것들을 생각한다.

가진 건 쥐뿔도 없는 삼십 대의 남자가 잃게 되는 것

은 결국 그리움의 이름이다. 나한테는 이 방법이 엄청나게 효과적이었다. 내가 아직 고군분투하고 있는 것이 그 증거다. 그 생각이 긍정적이든 부정적이든 그런 결과적인 것들은 상관이 없었다. 그저 내가 이 지옥 같은 날들을 이겨내는 데 그 생각이 효과적이면 그만인 것이었다. 결과를 바라보면 결과는 늘 멀리 있었지만, 과정을 바라보면 나는 언제나 그 과정 위에 있었다. 그저 열심히 하면 되는 일이었다.

인생을
망가뜨리면서까지
얻으려는 행복은
이미 행복이 아니다

격정하는 것을 격정하지 않는 방법

하루 중에 혼자 있는 시간이 길어지면 마음 깊숙한 곳에서 기억 하나를 꺼낸다. 먼지투성이의 그 기억을 넘기기 시작한다. 그것은 마치 오래전 눈물에 젖어 딱 달라붙어 버린 몇 장의 책장을 넘겨보는 것과 비슷한 느낌을 준다. 적힌 것은 확실하나 이야기의 접점이 없다. 종일 그 접점을 찾는다. 하나의 시절이 완성이 된다. 한 번 만져진 기억은 결코 사라지지 않는다. 하지만 다시 찾게 되지도 않는다. 나는 길거리에서 버려지는 시간을 그렇게 주워 담았다. 이렇게 쓸데없는 습관으로 길들여진 내 머리 때문에 기억력이 좋을 수밖에 없었다.

격정 또한 그렇다. 격정이 너무 많은 것도 문제지만, 단순히 회피하기만 하면 그 격정은 언젠가는 터져 나올 폭탄이 된다. 소모해야 한다. 끄집어내야 한다. 맞부딪히게 해야 한다. 불꽃이 일어야 연소한다. 해결하지 못할 격정이라도 상관없다. 격정을 그저 격정 따위로 만들 수 있다면 그것으로 된 것이다.

*

마음속에 있는 것을 꺼내면 외롭지 않다

초등학교 때 미국으로 이민을 간 친구가 있다. 당시에는 말 한마디 나눠보지 않은 그런 사이였는데 친구라기보다는 그저 동창이었다. 생각나는 것은 그 친구가 신고 다니던 오렌지색 운동화가 전부였다. 시간이 아주 오래 지난 후에 어떻게 연락이 닿았다. 아마 미니홈피였을 것이다. 연락은 대학 시절에 집중되었는데 내가 잠이 없어 깊은 새벽에나 잠을 잤으니 시차는 크게 문제가 되지 않았다.

아마 나에 대해서 가장 많이 아는 사람일 것이다. 편

했던 것 같다. 이 친구는 너무 멀리 있어서 무엇을 말해도 알려질 것 같지 않다는 안도감 같은 것이 있었다. 그리고 어려서 이민을 갔기 때문에 사실 문화적인 차이가 있기도 했다. 어떤 상황에 대해 접근하는 마인드가 달랐으니까. 그런 부분이 좋았던 거 같다. 참 서로 부끄러울 만한 이야기도 서슴없이 했다. 내 치부를 걱정 없이 꺼낼 수 있다는 것은 엄청난 위로가 되었다.

감출 것이 없는 관계의 사람이 있다는 것은 최소한 내가 외롭지는 않을 수 있다는 점에서 매우 중요한 일이다. 그리고 그 사람이 사랑하는 사람이라면 그보다 행복한 일은 없을 것이다. 나는 왜 너에게 모든 것을 꺼내 보이지 못했던 걸까. 가슴 아픈 일이다.

실패해도 상관없다

가만히 따지고 보면 실패한 인생은 아니나, 노력한 것에 비해 특별히 이룬 것이 없는 것 같은 회고를 한다. 찬란한 인생을 위해 내가 가진 것을 쏟아부었으나 대부분의 것은 불완전 연소를 거듭했다. 계속해서 그을음을 내며 타들어 갔다. 그것이 반복되다 보니, 언젠가부터는 죽음도 두렵지 않았다. 사는 것에 의미를 빼앗기다 보면 죽음에 대한 겁은 자연스레 사라지는 듯했다.

나도 한때는 죽는 것이 그렇게 두려웠다. 내 의지와는 상관없는 죽음을 맞지 않기 위해 남들은 하지 않는 걱정과 노력을 하기도 했다. 위험한 것을 즐기지 않은 것 또한 마찬가지였다. 지금은 죽음이 전혀 두렵지 않다. 인생이라는 것이 알고 있던 것만큼 엄청난 것이 아니라는 것을 알게 되었기 때문이다.

한 번뿐인 인생이라고 생각하니
한 번의 실패에 너무 많은 것이 무너진다.

그래서 나는 내가 살아온 인생과 앞으로 살아갈 인생을 각각의 시절로 나누는 중이며, 지금은 그 두 번째 시절이다. 모든 것을 걸지 않으면 이룰 수 있는 것은 한정적이나, 한 번의 실패에 모든 것을 잃지는 않는다. 지금은 더는 모든 것을 걸만한 마음도 여력도 없다. 최선을 다할 것이나, 내가 가진 최선이 반드시 결과는 아닐 것이다.

*

인생이란 뭘까

인생이라는 단어는
삶의 마지막을 정리하는 순간에나
어울리는 표현이 아닐까 싶다.

"인생이란 뭘까요?"라는 질문을 받았다.

순간 테이블에 놓인 A4 용지 한 장을 바로잡는다. 이어서 간략한 내 삶을 적었다. 그러고는 힘껏 구긴 후에 꼬깃꼬깃해진 종이를 다시 편다. 다음은 이렇게 말하고 싶었다.

“지금까지의 내 인생은 이렇습니다. 한 번 구겨진 삶을 다시 펴려고 노력하지만 그 흔적이 너무 많이 남아 완전히 펴지지가 않네요.”

하지만 나는 이렇게 말했다.

“글쎄요, 인생을 말하기에는 제가 아직 젊습니다. 그 단어가 너무 무거워 마음에서 입으로 오르지를 못하네요.”

인생을 말하는 사람들은 무언가에 붕 떠 있는 사람인 경우가 많다. 실패한 사람이거나, 실패가 가까운 사람이거나. 또는 성공한 사람이거나, 성공을 눈앞에 둔 사람이거나.

인생에 대해 잘은 모르겠으나
인생이라는 단어는
삶의 마지막을 정리하는 순간에나
어울리는 표현이 아닐까 싶다.

좋았던 기억은 기억해도 좋다

너무 힘들어서 쓰러지고 싶을 때는
좋았던 기억 쪽으로 쓰러지기를

앞으로 걷는다. 앞으로 달린다. 사람은 언제나 앞을 보고 달린다. 세상의 모든 목적지는 언제나 앞에 있기 때문이다. 달리다 넘어지면 웬만해서는 앞을 보고 고꾸라지는데 고개를 들면 역시 같은 방향이다. 앞은 그저 나아가야 하는 방향이다. 가장 직선적인 방향이다. 가장 가까운 방향이다. 가려는 곳이 있는 방향이다.

해내지 못한 것에 대한 위로는 종종 있어도 현재 진행 중인 것에 대한 위로는 없다. 그것은 위로가 아니라 응원이다. 응원에서 위로를 느낀다면 할 말은 없다. 앞을 보고 넘어지면 반드시 일어나야 한다. 목표를 바라보는 사람들이 그렇다. 뒤를 돌아보는 사람은 멈춰있을 수 있다. 여유이다. 행복한 적이 없다고 생각하는 사람도 돌아보면 과거에 괜찮았던 기억이 있다. 넘어졌을 때 다시 일으키는 것은 독려가 아니라 과거의 좋았던 기억이다. 좋았던 기억 쪽으로 쓰러져라. 좋았던 기억에 위로받아라. 그 끝이 참혹했을지라도 부디 좋았던 기억은 잊지 말아라. 언젠가의 위로가 될지도 모르니.

나는 잘 모르는 내 모습을 발견하다

재택근무를 하게 되면서 일상이 바뀌었다. 살며 전혀 모르던 것들을 알게 된다. 나는 보통 일요일을 제외하고는 매일 아침 면도를 하는데, 출근을 하지 않다 보니 자연스럽게 면도를 하지 않게 되었다. 그렇게 일주일이 지났다. 입가에 수염이라는 것이 자란 후로 내 평생 가장 오랜 시간 면도를 하지 않은 것이다. 그렇게 알게 됐다. 내 수염은 이렇게 자라는구나. 이런 모양이구나. 목 가까이까지 수염이 자라는구나. 신기하면서도 묘했다.

또한 어느 날엔가는 술에 취해 잠을 자고 있는 내 모

습이 담긴 동영상을 본 일이 있다. 그때까지 나는 내가 자는 모습을 본 적이 없었다. 아마 누구나 그럴 것이다. 그때도 지금과 비슷한 감정이었다. 내가 이렇게 자는구나. 이런 모습으로 자는구나.

생각해 보면 이런 것들이 많았다. 나에 대해 나는 잘 모른 것들. 나보다 오히려 남들이 나를 잘 아는 것들. 말해주지 않으면 모르는 것들. 궁금해졌다. 내가 모르는 나의 모습들에 대해서.

나는 늘 지켜보고 바라보는 것에 익숙했는데 내 행복은 내 행동이 아니라, 내가 행복의 주체로 둔 대상의 행동에서 나왔기 때문이다. 다시 궁금해졌다. 그렇다면 나는 행복할 때 어떤 표정을 지을까. 행복했던 기억이 있는 날짜의 사진첩을 뒤지기 시작했다. 같은 날의 메신저 대화들을 돌아봤다. 알게 됐다. 아, 나는 행복할 때 이렇게 웃는구나. 이런 어투를 쓰는구나. 갑작스럽게 행복에 대해 알게 된 기분이 들었다. 왜인지 행복할 수 있을 것만 같았다. 행복했던 기억만으로도 살아진다는 말에 믿음이 생겼다.

고맙다, 살아 줘서

"살다 보면 죽을 날이 오지 않겠냐.
그러니까 지금은 제발 그런 생각 하지 말자."

개인 사서함으로 많이 들어오는 메시지.

"죽고 싶어요."

더 충격적인 것은 이 메시지를 보내는 70%가 학생이라는 것이다. 나는 작가로서, SNS에 글을 올리는 사람으로서 보통의 친절한 작가들과 달리, 소통도 없고 메시지에 대한 답변도 거의 하지 않는 불친절한 사람이다. 하지만 나도 딱 한 가지 모르는 척 무시할 수 없는 메시지가 바로 어린 학생들의 죽고 싶다는 메시지이다. 죽음을 생각할 만큼 힘들 때 가장 사람을 아프게 하는 것은 대화할 사람 혹은 내 이야기를 들어줄 사람이 없다는 것이다. 이것은 분명한 사실이다. 내 이야기를 들어주는 사람 한 명만 있어도 삶을 한 번 더 생각하는 엄청난 동기부여가 된다.

성인들이 내게 털어놓는 아픔을 내가 해결해줄 의무는 없다. 나는 누군가를 치유하기 위해 글을 쓰는 사람이 아니기 때문이다. 주제넘게 많은 사랑을 받는 이 순간에도 그 마음은 변함이 없다. 그들의 아픔은 그들이 선택한 것에 대한 결과이다. 또한 약해진 마음은 한마디 말에 쉽게 흔들리기 때문에 나는 그들의 아픔을 결정지을 자격도 없다. 하지만 학생들은 다르다. 그들은 선택에 의한 결과를 받아들이는 것이 아니다. 그들은 어떤 것도 선택한 적이 없다. 내가 어떤 좋은 말을 해줄 수는 없지만, 그래도 살아보자고 한다.

"너희가 성인이 되어 선택하고 그 선택에 따르는 책임질 수 있는 나이가 되면 그때 책임을 졌으면 좋겠다. 지금 힘든 것은 너희 책임이 아니다. 일단은 살자. 여기까지 왔으면 주변 환경을 어떻게 변화시켜도 달라지는 것이 없을 것이다. 어른으로서 미안하지만, 내가 해줄 말은 일단은 살자. 그리고 그냥 버티자. 나아질 거라는 기대가 사람을 상처받게 한다. 지금의 상황을 인정하자. 그냥 버티자. 몇 년만 버티자. 너와 같았던 학생들도 지금 대학생이 되어서 잘살고 있다. 너만 그런 것이 아니라 다들 괜찮은 척 사는 것뿐이다. 스스로 특별하다고 생각하지 말아라."

가끔 이야기를 나눴던 학생들에게 드문 연락이 오곤 한다.

"작가님! 저 요즘 좋아하는 게 생겼어요! 고마워요!"

내가 하고 싶은 말이다. 고맙다 살아줘서.

epilogue

날마다 오랜 시간이었습니다.
다가가는 길은 무거웠으나 행복했고
돌아오는 길은 가벼웠으나 아팠습니다.
그렇게 돌아오고 나서는 내내 버리기만 했습니다.

이제 끝끝내 버리기 힘든 것만 남았습니다.
이 순간에도 저는 죽을힘을 다하여 버리고 있을 겁니다.

소중한 것은 언제나 눈물에 실어 떠나보냅니다.
그렇게 눈물이 없는 밤이 늘어만 갑니다.
그렇게 눈물이 없는 하루가 늘어만 갑니다.

매일이 요즘이 되고, 요즘이 가끔이 됩니다.

어쩌면 정말 괜찮아지고 있는지도 모르겠습니다.
하여 전하고 싶습니다.

당신도 오늘은 실컷 울어도 괜찮겠습니다.

2021년 6월, 인썸

오늘은 실컷 울어도 괜찮다

초판 1쇄 발행 | 2021년 7월 23일

지은이 | 인썸
기획 | 손힘찬
편집 | 신하영
디자인 | 신하영 이현중 서승연
펴낸곳 | (주) 떠오름 코퍼레이션
책임마케팅 | 떠오름

출판 | 2020년 4월 28일 제 2021-000002호
이메일 | tteoreum9@nate.com

ISBN | 979-11-970808-7-6

이 책의 판권은 지은이와 떠오름에 있습니다.
책 내용의 전부 또는 일부를 이용하려면 반드시 지은이와 떠오름 양측의
서면 동의를 받아야 합니다.